GOLDMANN

Buch

Matthew Brady, ein amerikanischer Ingenieur, wird in London unter äußerst belastenden Umständen neben der Leiche einer brutal ermordeten Frau von der Polizei vorgefunden und verhaftet. Er behauptet, unschuldig zu sein, aber alle Indizien sprechen gegen ihn. So wird Brady zu einer lebenslangen Zuchthausstrafe verurteilt.

Die Haftanstalt, in der er seine Strafe abbüßen soll, gilt allgemein als ausbruchssicher. Dennoch ist Brady fest zur Flucht entschlossen. Er will den wahren Mörder suchen, denn nur so glaubt er seine Unschuld noch beweisen zu können.

Der waghalsige Ausbruch gelingt, und Brady nimmt die Jagd nach dem Mörder auf. Sein Weg führt ihn in das zwielichtige Milieu von Sektenführern, Zuhältern und Erpressern, von Rauschgift- und Menschenhändlern. Und schon bald muß der flüchtige Brady feststellen, daß er nicht nur von der Polizei gejagt wird…

Autor

Jack Higgins (eigentlich Harry Patterson) wurde 1928 in Irland geboren. Er versuchte sich in mehreren Berufen, u. a. als Unteroffizier beim königlichen Gardekavallerieregiment (Royal Horse Guard), als Versicherungsvertreter und als Zirkushelfer. Später studierte er Soziologie, Sozialpsychologie und Kriminalistik. Heute lebt er mit seiner Familie auf der Insel New Jersey. Sein Roman *Der Adler ist gelandet* brachte ihm Weltruhm und wurde auch verfilmt.

Von Jack Higgins sind als Goldmann-Taschenbücher außerdem erschienen:

Das Dunkel der Lagune (8378) · Der Ire (6591) · Der Rebell (8446) · Der Regenmörder (8626) · Die Nacht von Sinos (6513) · Dunkler Fremder (6704) · Eishölle (6543) · Gesichter der Nacht (6893) · Nacht der Flamingos (8632) · Nacht ohne Erbarmen (6646) · Schrei in der Nacht (8464) · Tödliche Jagd (6777) · Zorn des Löwen (6819)

JACK HIGGINS

Der gehetzte Amerikaner

Roman

GOLDMANN VERLAG

Aus dem Englischen von Jutta Leder
Titel der Originalausgabe: »Hell is Too Crowded«

Made in Germany · 6/87 · 1. Auflage

Erstmals 1963 in Deutschland erschienen als:
Harry Patterson, »Der gehetzte Amerikaner«
Umschlaggestaltung: Design Team München
Umschlagfoto: Geoffrey Gore, The Image Bank, München
Satz: Compusatz GmbH, München
Druck: Elsnerdruck, Berlin
Verlagsnummer: 8787
GR · Herstellung: Sebastian Strohmaier
ISBN 3-442-08787-2

1

Matthew Brady, der in jenem Schattenbereich zwischen Schlaf und Wachen dahindöste, wo eigenartige Vorstellungen durch die Seele ziehen, schien es in seiner Trunkenheit, als ob ein körperloses Gesicht aus dem Nebel heraus auf ihn zuschwamm. Es leuchtete im gelben Dunst der Straßenlaterne und war nicht leicht zu vergessen mit seiner keilförmigen Silhouette, den hochgestellten Wangenknochen und den tiefliegenden, unheimlich funkelnden Augen...

Brady spürte plötzlich die schmiedeeiserne Lehne der Bank, die ihn im Nacken drückte, und in sein Bewußtsein drang der leichte Nieselregen, der in sein Gesicht schlug. Er schloß die Augen und holte tief Atem. Als er wieder aufschaute, war er allein.

Ein Schiff fuhr langsam den Londoner Hafen hinunter. Sein Nebelhorn stöhnte dumpf und erinnerte an das Brüllen eines letzten Dinosauriers, der ziellos durch einen Urweltsumpf stampft, einsam in einer fremden Welt...

Dieses Bild schien Brady auch treffend seine eigene Situation zu charakterisieren. Ein leichter Schauer überlief ihn, und er suchte nach einer Zigarette. Die Packung war fast leer, aber nach längerem Suchen fand er doch noch eine und steckte sie an. Gerade als er den ersten Zug in die Lungen sog, tönten vom Big Ben zwei Schläge herüber, die durch den Nebel gedämpft wurden. Gleich darauf herrschte wieder Stille.

Brady fühlte sich schrecklich einsam und völlig abgeschnitten von allen anderen menschlichen Wesen. Er lehnte sich auf das Geländer unter der Laterne, stierte durch den Nebel auf den Fluß hinunter und fragte sich, was nun werden sollte... Aber nur das Nebelhorn des Schiffes, das auf dem Weg zur offenen See war, antwortete ihm, und es klang fast, als ob es ihm ein Lebewohl zuriefe.

Er wandte sich ab und schlug den Kragen seines Jacketts hoch. Plötzlich trat eine Frau aus dem Nebel heraus und stieß mit ihm zusammen. Sie schrie erschrocken auf und wollte sich von ihm frei machen, aber er hielt sie auf Armeslänge entfernt fest und schüttelte sie leicht.

»Schon gut«, meinte er dabei, »das ist doch kein Grund zur Aufregung!«

Sie trug einen alten Trenchcoat, der in der Taille fest gegürtet war, und hatte um das Haar ein Kopftuch gebunden. Sie schien etwa dreißig Jahre alt zu sein, hatte ein rundliches, intelligentes Gesicht, und ihre dunklen Augen glänzten aufgeregt im Licht der Straßenlaterne.

Einen Augenblick lang starrte sie ihm ins Gesicht, doch dann lachte sie erleichtert auf und lehnte sich gegen das Geländer.

»Da hinten war ein Mann...! Wahrscheinlich ein harmloser Spaziergänger; aber er tauchte so unerwartet aus dem Nebel auf, daß ich den Kopf verlor und davonrannte!«

Ihr Englisch klang gewählt, aber mit einer leichten fremdländischen Betonung. Brady zog seine Zigaretten heraus und bot ihr eine an.

»Die Uferpromenade ist in dieser frühen Morgenstunde kein Platz für junge Damen! Hier kommen schon mancherlei merkwürdige Vögel zum Pennen her!«

Das Streichholz flackerte in seiner Hand auf; sie nahm Feuer und blies dann den Rauch in einer Wolke von sich.

»Sie brauchen mir nichts zu erzählen; ich wohne auf der anderen Straßenseite. Den heutigen Abend habe ich mit einer Freundin in Chelsea verbracht, und da wir keine Taxe mehr bekommen konnten, wollte ich zu Fuß gehen.« Sie lachte leise auf. »Aber was Sie angeht, Sie scheinen mir nicht der Typ zu sein, der auf eine Bank an der Uferpromenade angewiesen ist!«

»Das kann jedem mal passieren«, meinte er leichthin.

»Aber nicht Ihnen«, lachte sie. »Sie sind kein Engländer, nicht wahr?«

Er schüttelte den Kopf. »Ich komme aus Boston.«

»Ach, ein Amerikaner...« Dies brachte sie so heraus, als ob diese Tatsache alles erkläre.

Er zeigte ein kleines, müdes Lächeln und meinte dann: »Zu Hause in meiner Heimat habe ich Freunde, die über diesen Punkt mit Ihnen streiten würden!«

»Haben Sie weit zu gehen?« fragte sie, »oder beabsichtigen Sie, die Nacht hier zu verbringen?«

»Ich bin mir noch nicht schlüssig, ob ich hierbleibe«, entgegnete er. »Ich habe ein Zimmer in einem Hotel am Russell Square. Den Weg dahin werde ich schon schaffen.«

Schwere Regentropfen fielen durch die Zweige der Sykomoren, und Brady zog seinen Jackett-Kragen noch enger um den Hals. Ihn fror plötzlich.

Die junge Frau runzelte die Stirn.

»Mein Gott, Sie müßten wenigstens einen Mantel anziehen! Sie werden sich eine schöne Lungenentzündung holen!«

»Haben Sie sonst noch ein paar Vorschläge?« fragte er knurrig.

Sie nahm seinen Arm.

»Kommen Sie mit zu mir nach Haus. Ich glaube, ich habe noch einen alten Regenmantel im Schrank. Den können Sie tragen.«

Er hatte keine Lust mehr zu widersprechen. Es schien, als sei alle Energie aus ihm gewichen. In dem Augenblick, als er losmarschieren wollte, war ihm, als ob der Whiskydunst mit Macht wieder in sein Gehirn gestiegen sei.

Der Nebel drang auf sie ein, getrieben von einer schwachen Brise. Sie überquerten die Straße und schritten dann auf dem hallenden Bürgersteig entlang. Der Regen tropfte gleichmäßig von den Zweigen der Bäume. Als sie in eine Seitenstraße bogen, fuhr ein Wagen unsichtbar im Nebel an ihnen vorbei.

Brady merkte sich den Straßennamen, der an dem Eckhaus hoch oben auf einem alten, blau und weiß emaillierten Schild stand: Edgbaston Gardens. Vor ihnen leuchtete ein seltsamer orangeroter Fleck im Nebel. Die Bude eines Wächters hob sich aus der Dunkelheit heraus; daneben flakkerte ein Koksfeuer in einer eisernen Kohlenpfanne.

In der Bude konnte Brady eine dunkle Gestalt erkennen, deren Gesicht durch das Feuer schwach erleuchtet war.

»Seien Sie vorsichtig«, warnte die Frau, »hier muß irgendwo ein Gitter sein. Sie arbeiten nämlich an der Gasleitung!«

Er folgte ihr dicht auf den Fersen, als sie um ein eisernes Gitter herumging und dann einige Stufen emporstieg. Vor der Haustür blieb sie stehen und suchte in ihrer Handtasche nach dem Schlüssel. Das Haus war das letzte auf dieser Straßenseite; neben ihm erstreckte sich ein Friedhof, und ein Kirchturm ragte schemenhaft in die dunkle Nacht. All diese Eindrücke machten auf Brady den Anschein des Unwirklichen und Traumhaften, als ob diese Umgebung im nächsten Augenblick im Nebel verschwinden könnte. So folgte er der Frau schnell in den Hausflur, nachdem sie aufgeschlossen hatte, und wartete darauf, daß sie das Licht anknipste.

Am Fuß der Treppe stand dicht an der Wand ein alter viktorianischer Kleiderschrank. In seinem Spiegel sah Brady, wie sich eine Tür hinter ihm öffnete, und für einen kurzen Moment erschien ein altes und verrunzeltes Gesicht, zu dessen beiden Seiten lange Ohrringe herunterhingen. Doch als er sich umdrehen wollte, schloß sich die Tür geräuschlos wieder.

»Wer ist Ihre Nachbarin?« fragte er.

Stirnrunzelnd erwiderte sie: »Nachbarin? Die untere Wohnung hier ist leer, und Sie brauchen also nicht so leise zu sein. Ich selbst wohne im ersten Stock.«

Brady stieg hinter ihr die Treppe empor. Er hielt sich am Geländer fest und fühlte sich merkwürdig beschwingt. Man konnte schließlich nicht erwarten, daß sich die Folgen einer zweitägigen Sauferei einfach abschütteln ließen. Bei ihm wirkten sie sich aber so aus, daß ihm alle Dinge wie in einem merkwürdigen Traum erschienen; seine Glieder dagegen bewegten sich leicht, wenn auch langsam.

Ihre Wohnung lag oben im ersten Stock. Die junge Frau schloß die Tür auf und ging ihm voran. Die Wohnung war überraschend gut eingerichtet. Ein dicker Teppich bedeckte den Fußboden, und die indirekte Beleuchtung ergab rosafarbene Wände.

Er stand in der Mitte des Raumes und wartete. Während sie ein paar Schritte auf ihn zu machte, warf sie ihren Mantel mit dem Gürtel ab und fuhr sich mit ihren Fingern durch den kurzen, dunklen Haarschopf. Brady schwankte leicht, und sie legte schnell ihre Hände auf seine Schultern. Sie mußte sich sehr anstrengen, um ihn zu stützen.

»Was ist mit Ihnen?« fragte sie erschrocken. »Ist Ihnen nicht gut?«

»Ein Topf Kaffee und viel Schlaf werden mich schon wieder auf die Beine bringen.«

Sie sah so begehrenswert aus und war ihm sehr nahe. Plötzlich schien aller Zorn über die Schicksalsschläge der vergangenen zwei Tage wie ein alter Mantel von seinen Schultern zu gleiten. Da jetzt alles gesagt und getan war, gab es nur noch ein Heilmittel für seinen Zustand. Er zog sie fest an sich und küßte sie zart auf die Lippen. Für einen Moment erwiderte sie den Kuß, doch dann stieß sie den Mann namens Brady fest von sich, daß er in einen tiefen, weichen Sessel sank.

»Entschuldigung«, murmelte er.

»Schon gut.«

Dann ging sie zu einer kleinen Hausbar, die an der hinteren Zimmerseite stand, mischte einen Drink und brachte ihm das Glas.

»Etwas zur Abkühlung. Trinken Sie! Das wird Ihnen guttun. Ich werde jetzt Kaffee machen und ein paar Decken holen. Sie können die Couch haben!«

Ehe er noch protestieren konnte, verließ sie bereits das Zimmer und ging hinüber in die Küche. Er lehnte sich zurück, seufzte schwer und gönnte jedem Muskel seines Körpers lang entbehrte Entspannung. Dann nahm er noch einen tiefen Schluck...

Der Himmel mochte wissen, was sie in den Drink gemixt hatte – auf jeden Fall war das Zeug gut, sehr gut. In zwei Schlucken hatte er das Glas geleert und suchte nach einer

Zigarette. Seine Packung war leer, aber auf dem kleinen Tischchen an der anderen Seite des Zimmers stand eine silberne Zigarettendose.

Schwerfällig erhob er sich, aber plötzlich schien sich der Raum auszudehnen und bis in die Unendlichkeit zu erstrekken. Das Tischchen wurde kleiner und rückte immer ferner, als ob er es durch ein verkehrt gehaltenes Fernrohr anschaute. Zögernd versuchte er einen Schritt zu tun, er taumelte nach vorn, doch dann entglitt das Glas seinen kraftlosen Fingern… Nebel umwogte sein Bewußtsein, langsam fiel er hintenüber…

Er fühlte sich dann auf dem Rücken liegen, und die Frau beugte sich über ihn. Sie wirkte vollkommen ruhig und ungerührt. Hinter ihr ging die Tür auf und schloß sich wieder. Das Gesicht des Mannes, das neben ihrer Schulter auftauchte, war lang, mit tiefliegenden, starren Augen – das Gesicht seines Alptraumes, das Brady zuletzt im Nebel auf der Uferpromenade hatte schwimmen sehen…!

Er riß den Mund auf zu einem lautlosen Warnschrei, doch da versank der Raum um ihn in einem Wirbel sich immer schneller drehender bunter Lichter, während er selbst in das schwarze Zentrum dieses Mahlstromes hinabgerissen wurde…

2

Ein furchtbarer Schmerz, der wie in einer Kettenreaktion emporwuchs, holte ihn aus der Dunkelheit zurück ins Bewußtsein. Irgend jemand schlug ihm ständig rechts und links ins Gesicht. Er hörte Stimmen, die sehr nahe klangen, aber für ihn nur ein wirres und ungeordnetes Geräusch bedeuteten. Ein Wasserhahn wurde angedreht.

Eine starke Hand drückte seinen Kopf herunter, und er schrak zusammen, als eiskaltes Wasser in seine Nase drang. Der Druck der Hand ließ etwas nach, so daß er wieder atmen konnte, doch nur für einen kurzen Moment. Dann wurde sein Kopf wieder unbarmherzig hinuntergedrückt. Als man ihn dann wieder hochzog, dröhnte es in seinen Ohren, und er konnte kaum atmen, aber sein Blick war jetzt klar und scharf.

Er befand sich in einem kleinen, weißgekachelten Badezimmer. Aus einem halbhohen Spiegel starrte ihm sein Bild entgegen. Sein Gesicht war eingefallen und furchig, die Augen lagen tief in den Höhlen, und auf der einen Wange zeigte sich eine Strieme.

Sein Hemd war blutbefleckt, und er mußte sich auf das Waschbecken stützen, um nicht umzufallen. Erschrocken starrte er auf sein Spiegelbild. Ein dicklicher Mann in einem schäbigen Regenmantel und mit einem weichen Hut stand neben ihm. Die Augen des anderen stachen hart und unsympathisch aus einem unregelmäßigen Gesicht.

»Wie fühlst du dich?« fragte der Mann.

»Dreckig!« krächzte Brady, und seine Stimme schien einem Fremden zu gehören.

»Das ist gut so, du Strolch«, knurrte der Mann und stieß ihn unsanft durch die Tür.

Das Wohnzimmer war voller Menschen. Ein uniformierter Polizeiwachtmeister stand an der Tür, während zwei Kriminalbeamte im Zimmer damit beschäftigt waren, Fingerabdrücke aufzunehmen.

Ein langer, hagerer Mann mit grauem Haar und großer Hornbrille saß mit einem Notizbuch in der Hand in der einen Ecke der Couch und hörte einem kleinen, gebeugten alten Mann zu, der vor ihm stand und nervös eine Stoffmütze zwischen seinen Händen knetete.

Als Brady näher trat, erblickte ihn der kleine Mann, und Furcht erschien auf seinem Gesicht.

»Das ist er, Inspektor Mallory!« rief er. »Das ist der Kerl!«

Mallory drehte sich um und musterte Brady schweigend. »Sind Sie ganz sicher, Mr. Blakey?« fragte er.

Der kleine Mann nickte eifrig. »Ich werde ihn nicht so schnell wieder vergessen, Inspektor. Ich hab' ihn doch genau gesehen, wie er im Hausflur stand, während sie das Licht andrehte!«

Mallory sah müde aus. Er machte sich eine Notiz in seinem Buch und nickte dann.

»Es ist gut, Mr. Blakey. Sie können wieder an Ihre Arbeit gehen. Ihre Aussage werden wir später zu Protokoll nehmen!«

Der kleine Mann wandte sich ab und ging zur Tür. Schwerfällig fragte Brady: »Was zum Teufel ist denn eigentlich hier los?«

Mallory schaute ihn kalt an.

»Zeigen Sie ihm mal, was hier los ist, Gower!« befahl er.

Der Kriminalbeamte, der Brady aus dem Badezimmer herbeigebracht hatte, stieß ihn jetzt hinüber zum Schlafzimmer. In der Tür zögerte Brady. Ein Blitzlicht flammte auf, und ein Fotograf vor ihm drehte sich um und musterte ihn mit einem seltsamen Ausdruck.

Das Zimmer glich einem Chaos. Der Fußboden war übersät mit Toilettenartikeln vom Nachttischchen. Die bunten Vorhänge flatterten im Luftzug, der durch das eingeschlagene Fenster drang.

Ein Kriminalbeamter kniete neben dem Bett und wickelte einen altertümlichen Walbein-Spazierstock in ein Handtuch. Der Stock war blutbefleckt. Der Beamte drehte sich herum, und plötzlich herrschte in dem Zimmer Schweigen.

Gower stieß Brady vorwärts zum Bett. Dort lag etwas Unförmiges in eine Decke gewickelt und zwischen Bett und Wand geklemmt.

»Schau dir das an«, forderte Gower ihn auf und zog die Decke weg. »Schau dir das gut an!«

Ihre Kleider waren ihr vom Körper gerissen und hingen als Fetzen herab. Sie lag da, über und über mit Blut bedeckt, aber den schrecklichsten Anblick bot das Gesicht – es war bis zur Unkenntlichkeit verstümmelt.

Brady mußte sich abwenden. Übelkeit stieg in ihm hoch; er war nahe daran, sich zu erbrechen. Gower fluchte und schob ihn wieder zurück zur Tür.

»Du erbärmliches Ungeheuer!« meinte er angewidert. »Ich möchte dich am liebsten aufknüpfen!«

Mallory saß noch immer auf der Couch; er war jetzt aber damit beschäftigt, Bradys Paß einer eingehenden Prüfung zu unterziehen. Mit Entsetzen in den Augen schaute Brady auf ihn herab.

»Glauben Sie etwa, ich hätte das getan?«

Mallory reichte Brady sein Jackett herüber. »Sie sollten das lieber anziehen; Sie könnten sich sonst erkälten.« Dann wandte er sich zu Gower. »Stecken Sie ihn einstweilen hinüber in das zweite Schlafzimmer. In einer Minute bin ich dann soweit.«

Brady versuchte zu sprechen, aber die Worte wollten ihm nicht aus der Kehle, und Gower drängte ihn schon wieder aus dem Zimmer, durch das Badezimmer hindurch in ein anderes Schlafzimmer. Dieses war klein und einfach ausgestattet. Unter dem Fenster stand eine Couch, und daneben in einer Ecke ein Kleiderschrank. Gower stieß Brady auf einen Holzstuhl hinunter und ließ ihn unter der Bewachung eines jungen Wachtmeisters zurück.

Nachdem der Kriminalbeamte verschwunden war, bat Brady: »Darf ich vielleicht eine Zigarette haben?«

Der Polizist zögerte erst etwas, knöpfte aber dann seine Uniformjacke auf und zog ein silbernes Zigarettenetui hervor. Wortlos reichte er Brady eine Zigarette und Feuer, dann kehrte er an seinen Posten bei der Tür zurück.

Brady fühlte sich müde, wirklich und wahrhaftig müde. Der Regen trommelte gegen das Fenster; der Zigarettenrauch schmeckte nach Heu, und nichts schien einen Sinn zu haben... Schließlich öffnete sich die Tür wieder, und Mallory trat mit Gower herein.

Beim Anblick der Zigarette machte Gower ein finsteres Gesicht und trat rasch auf Brady zu.

»Wo zum Kuckuck hast du die her?« fragte er und riß Brady die Zigarette aus dem Mund.

Brady wollte aufstehen, doch der Kriminalbeamte stieß mit dem Fuß den Stuhl weg, und Brady fiel dadurch auf den Fußboden.

Als er wieder auf die Füße kam, stieg langsam der Zorn in ihm hoch. Man hatte ihn körperlich angegriffen, und er mußte sich zur Wehr setzen. So stieß er Gower überraschend die Faust in die Magengrube, und als der Kriminalbeamte vornübersackte, schickte Brady einen rechten Kinnhaken hinterher und warf ihn damit gegen die Wand.

Der junge Polizist zog seinen Schlagstock. Gower rappelte sich wieder auf die Füße; sein Gesicht war von Wut entstellt. Brady riß mit beiden Händen den Stuhl hoch und zog sich in eine Ecke zurück.

Als sie gegen ihn vorrückten, rief Mallory scharf von der Tür her: »Seien Sie doch kein Narr, Brady!«

»Dann sagen Sie diesem Menschenaffen hier, er soll seine Finger von mir lassen«, antwortete Brady wild. »Wenn er mich noch einmal anrührt, soll er es bereuen!«

Mallory trat rasch zwischen die Kämpfer.

»Gehen Sie und bringen Sie sich in Ordnung, George«, meinte er zu Gower. »Machen Sie in der Küche Tee oder irgend etwas. Ich werde nach Ihnen schicken, sobald ich Sie brauche!«

»Aber um Himmels willen«, empörte sich Gower, »Sie haben doch gesehen, was er mit dem Mädchen angestellt hat!«

»Ich werde die Sache hier übernehmen!« entgegnete Mallory, und seine Stimme war stahlhart.

Einen Augenblick starrte Gower noch auf Brady, dann drehte er sich schnell um und verließ das Zimmer. Brady ließ den Stuhl sinken, und Mallory nickte dem Wachtmeister zu:

»Warten Sie draußen!«

Nachdem sich die Tür hinter dem Wachtmeister geschlossen hatte, zog Mallory eine Packung Zigaretten heraus.

»Hier haben Sie eine neue Zigarette«, sagte er. »Sie sehen mir ganz so aus, als ob Sie eine gebrauchen könnten.«

»Da haben Sie nicht unrecht«, entgegnete Brady. Er ließ sich von dem Inspektor noch Feuer geben und plumpste dann auf den Stuhl.

Mallory setzte sich auf die Couch.

»Vielleicht können wir jetzt endlich mal zur Sache kommen.«

»Sie meinen, ich soll eine Aussage machen?«

Mallory schüttelte den Kopf. »Im Augenblick wollen wir es mal bei einer ganz inoffiziellen Unterhaltung belassen.«

»Das gefällt mir schon besser«, meinte Brady. »Da will ich Ihnen zunächst einmal ganz klipp und klar sagen, daß ich das Mädchen nicht umgebracht habe! Ich wußte nicht einmal ihren Namen!«

Mallory zog ein Foto aus der Tasche und reichte es Brady hinüber.

»Sie hieß Marie Duclos, geboren in Paris und seit etwa sechs Jahren hier wohnhaft.«

Das Foto war schon alt und brüchig, und Brady schüttelte stirnrunzelnd den Kopf.

»Es sieht ihr aber gar nicht ähnlich.«

»Das ist kein Wunder«, erwiderte Mallory. »Wenn Sie es umdrehen, können Sie lesen, daß das Bild aufgenommen wurde, als sie achtzehn war! Das ist immerhin zehn Jahre her. Aber Sie sollten mir einmal erzählen, wie Sie ihr begegnet sind.«

Brady erzählte ihm alles, und zwar genauso, wie es sich

ereignet hatte. Vom ersten Augenblick des Wachwerdens auf der Uferpromenade bis zu den Ereignissen in der Wohnung.

Nachdem er geendet hatte, saß Mallory noch eine Zeitlang schweigend und in Nachdenken versunken.

»Wenn ich zusammenfassen darf: Sie behaupten also, daß Sie auf der Uferpromenade im Nebel einen Mann sahen, den Sie später hier in der Wohnung wieder erblickten, wie er hinter Marie Duclos stand, und zwar genau in dem Augenblick, als Ihnen das Bewußtsein schwand!«

»Ja, genauso hat es sich zugetragen.«

»Mit anderen Worten wollen Sie also diesen Mann verdächtigen, daß er den Mord begangen hätte?«

»Er muß ihn begangen haben!«

»Aber warum, Brady?« fragte Mallory sanft. »Warum sollten nicht Sie es gewesen sein?«

»Weil ich hierblieb!« erwiderte Brady. »Ich schätze, es könnte irgendein armer Schlucker gewesen sein, den sie aushalten mußte!«

»Aber wenn er hier war, wo ist er dann später hingegangen?« fragte Mallory weiter. »Sie und die Frau waren die einzigen Leute, die während des ganzen Abends den Eingang benutzten. Der Nachtwächter will das beschwören!«

»Woher wußten Sie denn, daß hier etwas vorgefallen war?« fragte Brady.

Achselzuckend erwiderte Mallory: »Der Wachtmeister hörte einen Schrei, und dann wurde ein Leuchter durch das Fenster geworfen. Dann klopfte der Nachtwächter die Nachbarn heraus und bat sie, uns zu alarmieren. Er selbst beobachtete die ganze Zeit über die Tür. Aber niemand verließ das Haus!«

»Dann hat es wohl einen zweiten Eingang.«

Mallory schüttelte den Kopf. »Hinten befindet sich ein Hof und ein verwilderter Garten mit einem fast zwei Meter hohen Eisenzaun herum, der den Garten vom Friedhof trennt.«

»Trotzdem wäre es doch möglich«, beharrte Brady. »Und was ist mit der alten Dame im Parterre?«

»Die Wohnung steht seit zwei Monaten leer«, Mallory schüttelte wieder den Kopf und seufzte. »Es hilft nichts, Brady. Nur eins noch: Sie sagten, daß Sie diesen Mann auf der Uferpromenade zum erstenmal erblickten, ehe die Duclos Sie ansprach. Das verstehe ich nicht ganz...«

»Aber ich kann sie doch nicht umgebracht haben!« rief Brady verzweifelt aus, ohne auf die Frage des Inspektors einzugehen. »Nur ein Wahnsinniger kann eine Frau auf so schreckliche Weise zurichten!«

»Oder ein Mann, der so betrunken ist, daß er nicht mehr weiß, was er tut!« entgegnete Mallory ruhig.

Brady saß da und starrte hilflos den Inspektor an. Die ganze Welt schien sich gegen ihn verschworen zu haben, und er konnte nichts dagegen tun – gar nichts.

Die Tür ging auf, und der junge Wachtmeister trat herein und reichte Mallory einen Zettel.

»Sergeant Gower meinte, Sie würden sich vielleicht hierfür interessieren, Sir!«

Die Tür schloß sich wieder hinter dem Wachtmeister, und Mallory überflog rasch das Papier. Nach einer Weile meinte er: »Mir scheint, Brady, daß Sie ein ziemlicher Raufbold sind, wenn es Sie überkommt!«

Stirnrunzelnd fragte Brady: »Wie zum Kuckuck kommen Sie denn darauf?«

»Wir haben uns unterdessen schon etwas umgetan, um zu

sehen, ob irgend jemand Sie kennt. Seitdem Sie vor drei Tagen von Kuwait herübergeflogen sind, haben Sie anscheinend die Zwischenzeit benutzt, um sich in ein frühes Grab zu saufen! Dienstag abend hat man Sie aus einer Kneipe an der Kings Road an die Luft gesetzt, nachdem Sie den Wirt niedergeschlagen hatten, der sich weigerte, Ihnen in Anbetracht Ihres Zustandes weiteren Alkohol zu verabreichen. Etwas später waren Sie dann in einer Spelunke in Soho in eine Schlägerei verwickelt. Als der Rausschmeißer versuchte, Sie vor die Tür zu setzen, haben Sie ihm den Arm gebrochen, aber zum Glück für Sie hat der Eigentümer auf eine Anzeige verzichtet. Schließlich wurden Sie von der Polizei am Haymarket gegen vier Uhr morgens betrunken und bewußtlos aufgegriffen. Hier steht auch, daß Sie gestern zu einer Zwei-Pfund-Strafe verurteilt wurden. Eine ganz schöne Latte, was?«

Brady stand auf und ging ruhelos im Zimmer auf und ab. »Schon gut, ich will Ihnen alles erklären.«

Am Fenster blieb er stehen, starrte hinunter auf die Straße und beobachtete die Polizisten, die unter der Straßenlaterne standen. Ihre Umhänge glänzten im Regen.

»Ich bin von Beruf Konstrukteur und arbeite meistens an Brücken, Dämmen und ähnlichen Objekten. Letztes Jahr begegnete mir in London ein Mädchen namens Käte Hold. Sie war Deutsche und arbeitete hier irgendwo bei einer Familie als Kindermädchen, um die Sprache zu erlernen. Ich verliebte mich bis über beide Ohren in sie und wollte sie heiraten, war aber gerade sehr knapp bei Kasse.«

»Und wie ging die Affäre aus?« fragte Mallory.

Brady zuckte die Schultern. »In Kuwait bot sich mir eine gute Gelegenheit – ein neuer Damm sollte gebaut werden. Die Bezahlung war enorm, denn niemand wollte den Job haben. Die Arbeitsbedingungen waren allerdings furchtbar, besonders die Hitze setzte einem sehr zu. Ich übernahm die Arbeit, verschrieb mich der Gesellschaft für zehn Monate und ließ mein Gehalt an Käte hier nach London überweisen.«

Mallory verzog skeptisch das Gesicht.

»Und dann geschah wahrscheinlich das übliche, nicht wahr?«

Brady nickte. »Vor drei Tagen bin ich hier angekommen, nach zehn Monaten in der Hölle, und ich erfuhr von ihrem Arbeitgeber, daß sie vor einem Monat nach Deutschland zurückgekehrt ist, um zu heiraten.« Er schlug mit der geballten Faust in die andere Handfläche. »Und das Schlimmste war, ich konnte nichts tun – nicht das geringste. Es war alles in Übereinstimmung mit den Gesetzen völlig legal vor sich gegangen.«

»Deshalb hatten Sie sich also entschlossen, sich zu betrinken«, ergänzte Mallory. »Und nachdem Sie erst einmal betrunken waren, wußten Sie nicht mehr, was Sie taten.«

Brady schüttelte bedächtig den Kopf. »Stimmt zwar, Inspektor, ich war völlig betrunken. In den Krawall bin ich verwickelt gewesen, aber diese Frau hier habe ich nicht getötet!«

Mallory erhob sich, ging auf den Frisiertisch zu, nahm einen kleinen Spiegel und hielt ihn Brady vor.

»Sehen Sie mal hinein«, meinte er dabei, »und sehen Sie gut hin!«

Das Blut von den Schrammen war zwar angetrocknet, aber sie sahen schmierig und irgendwie unheimlich aus. Brady fuhr vorsichtig mit den Fingerspitzen über die Verletzungen.

»Sie glauben, daß das von ihr stammt?« fragte er fast flüsternd.

Mallory nickte. »Der Arzt fand Blut und ein paar Hautfetzen unter den Fingernägeln ihrer rechten Hand. Er wird sie untersuchen lassen, während wir zum Revier gehen.«

Brady preßte seine Hände fest zusammen, um das Zittern zu verbergen. »Ich bin amerikanischer Bürger, ich möchte mich gern mit meiner Botschaft in Verbindung setzen.«

»Dafür ist schon Sorge getragen«, meinte Mallory, während er die Tür zum Badezimmer öffnete.

Brady machte noch einen zweiten Versuch. Auf der Schwelle blieb er stehen. »Lassen Sie uns alles noch einmal durchdenken, Mallory. Irgendwo wird schon die Antwort zu finden sein...!«

»Ihnen kann nur noch eines helfen, Brady«, antwortete Mallory, »und das ist ein Rechtsanwalt. Ich werde mich mit der Botschaft in Verbindung setzen, damit man Ihnen einen guten schickt – den besten, den es gibt. Sie benötigen so viel Hilfe, wie nur irgend denkbar!«

Vor der Tür stand Gower und starrte Brady böswillig an, als er an ihm vorüberging. Sie führten ihn die Stufen hinunter und blieben auf dem Treppenabsatz stehen, während Gower ein Paar Handschellen hervorzog.

Es war immer noch neblig, und die herunterprasselnden Regentropfen bildeten auf dem Asphalt kleine Türmchen. In der Straße parkten mehrere Polizeiwagen, und entlang dem Gartenzaun hatte sich eine kleine Gruppe aufgeregter Neugieriger angesammelt, die von mehreren Polizisten zurückgehalten werden mußten. Es hatte den Anschein, als ob die meisten Einwohner dieser ruhigen Straße herausgestürzt waren, aufgescheucht von dem ungewohnten Geräusch der heranbrausenden Streifenwagen.

Während Gower eine der eisernen Fesseln um das Handgelenk des Amerikaners zu befestigen versuchte, machte sich Brady plötzlich ganz steif. Etwas abseits der Menschenmenge stand einer, der Brady nur zu bekannt vorkam. Im gleichen Moment aber schon löste sich dieser Mann im Nebel auf und verschwand im Hintergrund der Menge.

Brady riß sich von Gower los, machte einen Satz in die Menschenansammlung und schwang seine Handschellen an einem Handgelenk. Er bahnte sich einen Weg, doch plötzlich stellte ihm jemand ein Bein, so daß er schwer zu Boden schlug. Noch bevor er sich aufrichten konnte, waren sie schon über ihm.

Gower drehte ihm den Arm nach hinten, doch Brady wand sich verzweifelt, drehte sich zu Mallory um und rief: »Ich habe ihn erkannt, Inspektor! Er stand hinter diesen Menschen und beobachtete alles! Er kann noch nicht weit weg sein!«

Im Licht der Straßenlaternen sah Mallory plötzlich noch müder als vorher aus.

»Um Gottes willen, hören Sie endlich auf, Brady! Das hilft Ihnen doch nicht weiter.«

Jetzt verlor Brady völlig die Kontrolle. Er stieß einen Ellenbogen in Gowers Gesicht, riß sich los und stürzte durch die Menge, indem er wie ein Wahnsinniger in die Gesichter schlug, die auf ihn eindrängten. Aber es half alles nichts. Noch einmal riß er sich los von den Händen, die nach ihm griffen, und lehnte sich mit dem Rücken gegen den Gartenzaun.

»Kommt doch her!« schrie er. »Kommt doch her und holt mich, Ihr Bastarde!«

Sie rückten geschlossen an, Gower als erster... Brady traf das Gesicht des Beamten mit einem Faustschlag; ein Polizeiknüppel schmetterte auf seinen rechten Arm nieder, aber er kämpfte mit seinem linken weiter. Irgend jemand packte ihn, drehte ihm den heilen Arm auf den Rücken und drückte Brady auf die nassen Asphaltsteine. Er fluchte und trat wild um sich.

Sechs starke Männer wurden benötigt, um ihn in den Wagen zu schleppen. Dann war alles vorbei.

3

Der Direktor des Zuchthauses von Manningham seufzte. Häftlinge, die einmal in Einzelhaft gesessen hatten, zeigten immer diesen besonderen Blick, als ob sie die ganze Welt zum Feind zählten. Andererseits hatte er es immer barbarisch gefunden, einen Mann in Einzelhaft brummen zu lassen bis zum festgesetzten Termin und ihn nicht vorher rauszulassen. Schließlich war es kein Wunder, wenn sich ein Mann nach solch einer Erfahrung von anderen Männern unterschied.

Es war acht Uhr abends, und der Direktor hatte sich für seine übliche Bridgepartie bereits verspätet. Er raffte einen Stapel Papiere zusammen, legte sie in ihren Aktendeckel und lehnte sich dann in seinem Stuhl zurück.

»Dieses Zuchthaus hier ist das sicherste, das es gibt, Brady«, erklärte er. »Hier führt kein anderer Weg heraus als durch das Eingangstor. Und deshalb werden auch die schweren Jungs hierhergeschickt. Sie werden bald feststellen, daß die meisten Häftlinge zu langen Strafen, teilweise zu lebenslänglich wie Sie selbst, verurteilt sind... Haben Sie heute noch irgendwelche Fragen?«

»Nein, Sir«, erwiderte Brady.

Das Licht der Taschenlampe modellierte sein Gesicht. In den letzten drei Monaten hatte sich sein Aussehen verändert; sein Haar zeigte erste graue Strähnen, seine Augen blickten kalt und hart und zeigten keinen Ausdruck. Er sah aus wie ein äußerst gefährlicher Bursche, und der Direktor mußte wieder seufzen.

»Soviel ich weiß, haben Sie einen Anstaltsbeamten in Wandsworth angegriffen? Derartige Mätzchen würde ich Ihnen bei uns nicht raten!«

»Ich hatte damals die Nerven verloren, war außer mir!« entgegnete Brady.

Der Direktor ging nicht weiter auf diese Bemerkung ein, sondern öffnete wieder Bradys Akte.

»Wie ich hier sehe, sind Sie von Beruf Konstrukteur. Wir werden Sie sicher gebrauchen können. Wir errichten nämlich einige Erweiterungsbauten, natürlich innerhalb der Mauern. Ich sehe keinen Grund, weshalb Sie nicht am Morgen mit den anderen Häftlingen zur Arbeit gehen sollten.«

»Danke sehr, Sir«, sagte Brady.

»Natürlich brauche ich nicht zu erwähnen, daß das eine Hafterleichterung ist, die sofort entzogen werden kann, falls Sie sich schlecht führen. Habe ich mich verständlich ausgedrückt?«

»Völlig, Sir!«

Der Direktor mußte kurz lächeln.

»Falls Sie einmal Rat brauchen, Brady, dann zögern Sie nicht, mich darum zu bitten. Das ist nämlich meine Aufgabe, und dafür bin ich hier.«

Er erhob sich, als Zeichen dafür, daß die Unterhaltung beendet sei, und der Hauptwachtmeister führte Brady hinaus.

Manningham war die dritte Strafanstalt, die Brady während der letzten drei Monate kennengelernt hatte. Während er zur Kleiderkammer geführt wurde, schaute er sich interessiert nach allen Seiten um. Anschließend brachte man ihn zur

Küche, wo er Essen empfing, und endlich schloß man ihn in seiner Zelle ein.

Wie einen wirklichen Verbrecher.

Das Zuchthaus war in der Mitte des neunzehnten Jahrhunderts während einer Ära der Reformen errichtet worden, und zwar nach einem System, das in Großbritannien allgemein üblich ist. Es bestand aus vier dreigeschossigen Zellenhäusern, die strahlenförmig wie die Speichen eines Rades von der Zentrale ausgingen. Diese war eine Halle, die etwa dreißig Meter hoch war und von einer eisengerahmten Glaskuppel abgeschlossen wurde.

Jedes Zellenhaus war aus Sicherheitsgründen durch Maschendraht von der Zentrale abgetrennt. Der Hauptwachtmeister schloß das Tor zum Block C auf und führte Brady hindurch.

Dann stiegen sie eine eiserne Treppe bis zur schwach beleuchteten oberen Galerie empor. Das ganze Gebäude lag in einer unnatürlichen Stille da. Der Schacht zwischen den beiden gegenüberliegenden Galerien war ebenfalls mit Maschendraht überdeckt, damit niemand auf die Idee käme, über das Geländer zu springen und Selbstmord zu begehen. Diese Einrichtungen und die ganze Umgebung vermittelten einem das Gefühl, in einem stählernen Labyrinth zu stecken, und Brady schauderte leicht, als der Hauptwachtmeister vor der letzten Zellentür auf der Etage stehenblieb und sie aufschloß.

Die Zelle war größer, als Brady erwartet hatte. Sie besaß ein kleines vergittertes Fenster, enthielt ein Waschbecken und eine eingebaute Toilette in einer Ecke. An der einen Wand stand eine Doppelpritsche, an der anderen ein einzelnes Klappbett.

Auf dem Einzelbett lag ein Mann und las eine Illustrierte. Er schien etwa sechzig Jahre alt zu sein, hatte weißes, kurzgeschnittenes Haar, lebhafte blaue Augen und ein runzliges, lustiges Gesicht.

»Ein neuer Zellenkamerad für Sie, Evans«, meinte der Hauptwachtmeister. »Er wird morgen mit der Baukolonne ausrücken. Erzählen Sie ihm alles, was er wissen muß.« Dann wandte er sich zu Brady. »Denken Sie daran, was der Direktor Ihnen sagte, und führen Sie sich gut. Wenn Sie sich uns gegenüber anständig benehmen, werden wir Sie auch anständig behandeln.«

Die Tür schlug hinter ihm mit einem Knall zu, und das Geräusch des Schlüssels, der sich im Schloß umdrehte, schien alle Hoffnungslosigkeit der Welt zu erwecken.

»Wenn Sie sich uns gegenüber anständig benehmen, werden wir Sie auch anständig behandeln – pah!«

Der Mann auf dem Bett grunzte verächtlich. »So eine Heuchelei!« Dann richtete er sich auf und zog eine Zwanziger-Packung Zigaretten unter seinem Kopfkissen hervor. »Hier, steck dir eine ins Gesicht, Söhnchen. Mein Name ist Joe Evans. Du bist wahrscheinlich Brady, nicht wahr?«

»So ist es«, bestätigte Brady und nahm sich eine Zigarette. »Woher weißt du das?«

Evans zuckte die Schultern und gab ihm Feuer.

»Ach, ich habe das von Wandsworth her flüstern hören. Du hast dort einen Schließer angegriffen, stimmt's?«

Brady legte sich auf die unterste Pritsche und inhalierte mit großem Genuß den Zigarettenrauch.

»Er hat mich vom ersten Tag an, als ich dort eingeliefert wurde, schikaniert und bis zur Weißglut gebracht. Ich hielt es einfach nicht mehr aus.«

»Die Sonntagszeitungen haben aus dir ein ganz schönes Ungeheuer gemacht, was?« Evans kicherte. »Nach ihren Schilderungen glaubte ich, du müßtest mindestens Fangzähne und zwei Köpfe haben.«

Trotz seiner Niedergeschlagenheit mußte Brady grinsen, und Evens lächelte ihn aufmunternd an.

»So ist es richtig, Söhnchen. Laß dich nicht von den Bastarden unterkriegen. Und wenn du einmal so richtig am Boden bist, dann spuck einem Schließer direkt ins Auge! Ich garantiere dir, die Welt sieht dann sofort schöner aus!«

»Das werde ich mir merken«, meinte Brady. »Wie ist es sonst hier?«

»Nicht schlecht, jedenfalls besser als in manchem anderen Knast. Wir werden sicher noch einen anderen Kollegen da in die oberste Pritsche gelegt bekommen; das kann schon in den nächsten Tagen passieren. Ich bin schon seit drei Jahren hier: damals haben sie hier aus diesem Haus einen ausbruchsicheren Knast gemacht, nur für schwere Jungs bestimmt. Seit damals hat es nicht einen einzigen Ausbruch mehr gegeben.«

»Wie lange mußt du noch sitzen?«

Der alte Mann grinste. »Das hängt vom Gericht ab. Ich habe schon sechs Jahre von sieben abgebrummt. Wenn ich gewollt und es darauf angelegt hätte, wäre ich jetzt schon draußen.« Er bließ den Rauch in einer langen Fahne an die Decke. »Aber ich mach' mir keine Sorgen. Meine gute Alte führt eine hübsche kleine Pension in Cornwall. Sie will nicht, daß ich noch einmal hierher zurückkehren muß.«

»Mir scheint, das habe ich schon irgendwo gehört«, meinte Brady spöttisch.

»Aber bei mir ist es ernst«, erklärte Evans. »Ich will dir etwas sagen, Söhnchen: Weißt du, was mich ruinierte? Daß ich immer zu tüchtig war in meinem verdammten Beruf. Wenn ich einen Safe geknackt habe, dann machte das nicht mehr Lärm als ein kleiner Rülpser. Das Dumme ist, ich arbeite so gut, daß die Bullen sofort wissen, wer am Werk war, und dann kommen sie gleich zu mir!«

»Du scheinst aber deinen Nachschub hier im Knast sehr gut organisiert zu haben«, forschte Brady und hielt fragend seine Zigarette hoch.

Evans schmunzelte. »Oh, ich kann mich nicht beklagen. Du würdest auch wieder auf die Füße fallen, wenn du dich an mich hältst, Söhnchen.«

«Was ist das eigentlich für eine Sauarbeit, von der mir der Direktor gesprochen hat?« wollte Brady wissen.

»Oh, sie können doch der ansteigenden Kriminalität nicht mehr Herr werden, und so müssen wir im Zentralhof ein neues Zellenhaus bauen. Das ist ein ganz guter Job. Jedenfalls besser als Postsäcke nähen oder hier in der Zelle hocken und dahinzudämmern. Wenn wir uns nicht allzusehr anstrengen, können wir uns noch zehn Monate lang an der Arbeit festhalten!«

»Ich habe nicht vor, noch so lange hier zu sitzen.«

Brady erhob sich, ging zum Fenster und starrte hinaus. Die Außenmauer war vielleicht elf Meter hoch; dahinter lief eine Eisenbahnstrecke vorbei. Noch weiter in der Ferne flackerten die Lichter von Manningham durch die Herbstnacht. Es schien, als käme ihr Schein von einem anderen Planeten.

»Nun sieh mal, Söhnchen«, redete Evans ernst auf Brady ein, »lauf doch nicht mit deinem Kopf gegen Steinwände. Das wäre nämlich der sicherste Weg, um ganz woanders zu landen. Niemand kommt hier aus diesem Knast heraus! Ich bin jetzt schon drei Jahre hier und habe weiß Gott alle Möglichkeiten durchdacht. Es gibt keinen Ausweg.«

Brady drehte sich um und sah ihn an.

»Aber ich muß hier heraus! Ich bin in eine Falle gelockt worden. Man hat mich in die Patsche geritten! Irgend jemand anders hat dieses Mädchen erschlagen und mir diese Schuld aufgebürdet. Ich muß wissen, wer es war, und warum!«

»Die Geschichte, die du dem Gericht erzählt hast, das war eine Sache für sich«, meinte Evans. »Ein ganz guter Versuch, aber er nutzte dir nichts. Hier aber sind wir alle schuldig. Schuldig deshalb, weil wir uns erwischen ließen!«

Brady zuckte hilflos die Schultern. »Manchmal glaube ich, daß ich der einzige vernünftige Mensch in einer durch und durch verrückten Welt bin.«

Dann ging er quer durch den Raum an die Tür und untersuchte sie leicht mit den Fingerspitzen. »Wenn ich sie nur öffnen könnte; das wäre schon etwas wert!«

Evans erhob sich und ging zu dem Schränkchen mit dem Geschirr, das unter dem Waschbecken angebracht war. Er öffnete es und holte einen gewöhnlichen Löffel heraus.

»Ich bin immer glücklich, jemandem dienlich sein zu können«, meinte er dabei. Dann schob er Brady aus dem Weg und kniete sich vor der Tür nieder. Das Schloß war durch eine kleine Stahlplatte geschützt, die vielleicht zwanzig Zentimeter im Quadrat maß. Er bog den Löffelstiel etwas um und zwängte ihn zwischen den Rand der Stahlplatte und den Türpfosten. Dann drehte er den Stiel ein paarmal, und plötzlich gab es einen Klick. Evans zog an der Tür, und sie öffnete sich leicht.

»Allmächtiger«, flüsterte Brady.

Evans machte die Tür wieder zu und drehte erneut den Löffel. Es gab wieder ein Klicken, und Evans stand auf.

»Aber das ist ja unglaublich«, rief Brady aus.

Evans schüttelte den Kopf. »Ein alter Ganoventrick! Viele Häftlinge beherrschen ihn. Die meisten dieser Türen haben in der Verzapfung ihren toten Punkt. Sie sind schon viele Jahre alt. Demnächst werden die Bullen schon noch schlau werden und sie auswechseln.«

Er grinste. »Aber das würde mir nicht viel ausmachen. Wenn du mir einen x-beliebigen Schlüssel für nur fünf Sekunden zeigst, kann ich ihn aus dem Gedächtnis nachmachen.«

Er ging zu seinem Bett zurück und zündete sich eine neue Zigarette an.

»Das verstehe ich aber nicht«, meinte Brady. »Du erzähltest mir doch eben, daß es fast unmöglich sei, hier auszubrechen!«

Der alte Mann schüttelte fast mitleidig seinen Kopf.

»Hier, nimm dir noch einen Glimmstengel, Söhnchen, und laß mich dir alles erklären. Wenn du hier aus der Zelle entkommst, hast du ja erst den Anfang geschafft. Du mußt dann noch durch das Tor kommen, das eine Treppe tiefer aus diesem Zellenblock hinausführt. Dann erst kommst du in die Zentrale. Von dort aus mußt du nicht weniger als fünf Tore passieren, bis du den Hof erreichst; na, und das Haupteingangstor ist die reinste Festung. Selbst der Gefängnisdirektor braucht dafür einen Ausweis.« Er schüttelte wiederum den Kopf. »Hier findest du jedenfalls die stärksten Sicherheitsmaßnahmen vor, die du dir denken kannst, Söhnchen. Nur die gefährlichsten und schlimmsten Kumpels sitzen hier ihre Zeit ab. Deshalb haben sie hier auch alles umgebaut.«

»Ich werde schon einen Weg finden«, meinte Brady. »Ich brauche nur etwas Zeit.«

Aber während er sich auf seine Pritsche legte, sagte er sich selbst, daß er ja in Wirklichkeit gar nicht viel Zeit hatte. Ich muß bald hier heraus, dachte er; ich halte das nicht länger aus... Er schloß die Augen, und wieder schien es ihm, als ob ihn jenes merkwürdige Gesicht aus der Dunkelheit heraus anlächelte; jenes Gesicht, das ihn während des Prozesses und während der zwei Wochen begleitet hatte, die er in der Todeszelle verbracht hatte.

Warum denn nur ich? fragte er sich. Warum trifft es mich? Aber niemand antwortete ihm, niemand konnte ihm antworten, solange er nicht hier heraus war und jenen einen gefunden hatte. Er drehte sein Gesicht zur Wand, zog die Decke hoch über die Schultern und versank in einen unruhigen, nervösen Schlaf.

Die folgenden Tage vergingen in öder Eintönigkeit. Jeden Morgen nach dem Frühstück bauten sich fünfzig Männer im Zentralhof vor dem Hauptwachtmeister auf und wurden zu ihrer täglichen Arbeit eingeteilt. Der Haupttrakt des neuen Gebäudes zeichnete sich schon deutlich in seinen Grundzügen ab, aber am Stahlgerüst für das vierte Stockwerk war noch eine Menge Arbeit zu verrichten.

Evans hatte da oben als Schweißer und Nieter gearbeitet, und Brady wurde ihm zugeteilt. Nachdem der alte Mann erst einmal gesehen hatte, mit welcher Geschicklichkeit der Amerikaner den Schweißbrenner bediente, lehnte er sich zurück und ließ den anderen allein arbeiten.

»Donnerwetter, Söhnchen«, schrie er im Baulärm. »Ich sehe, ich kann dir nichts mehr beibringen im Umgang mit dem Brenner. Du bist ein Naturtalent.«

Brady grinste und schob die Brille von den Augen auf die Stirn.

»Du bist einfach unverbesserlich, du alter Rabe. Mit dir wird es noch mal ein schlechtes Ende nehmen!« scherzte er.

Evans reichte ihm eine Zigarette, und dann krochen sie hinunter in einen Winkel zwischen zwei sich kreuzenden Trägern und schauten hinaus über die Dächer der Stadt. Es war ein frischer Herbsttag; in der Luft schwang schon ein kleiner Hauch des kommenden Winters. Jenseits der rauchgeschwärzten Schornsteine der trübseligen Industriestadt erstreckten sich die Moore in purpurnen Flächen und verschwammen fast unmerklich fern am Horizont.

»Weiß der Himmel, aber es ist doch verdammt schön, an so einem Tag wie heute zu leben«, meinte Evans. »Selbst hier im Gefängnis noch!«

Brady nickte und schaute kurz hinunter in den Zentralhof. Er beobachtete die Häftlinge, die dort unten unter der Aufsicht eines Wachtmeisters Ziegelsteine stapelten. Nein, die Illusion der Freiheit konnte nicht lange erhalten bleiben, jedenfalls nicht mit den dunklen Uniformen, die so auffällig überall herumstanden.

Sein Blick wanderte hinüber zur Glaskuppel der Zentralhalle und folgte der Dachrinne, die etwa elf Meter von der Kuppel bis zum Dach des Blockes D herabführte. Dieser Block zweigte vom Zentralturm ab wie ein ausgestreckter Zeigefinger und reichte bis auf etwa zehn oder elf Meter an die Außenmauer heran.

Brady seufzte und schnippte seine Zigarettenkippe hinaus in die freie Luft. Um hier aus dieser festen Anstalt herauszukommen, hätte man Flügel haben müssen...

Evans gab ein meckerndes Lachen von sich. »Ich weiß, was du jetzt denkst, mein Söhnchen, aber es ist ganz unmöglich. Du hast übrigens einen bevorzugten Posten, weil hier die ganze Gegend vor dir ausgebreitet daliegt wie eine Landkarte. Wenn du mir einen Weg hier herausfindest, werde ich dir jederzeit fünfhundert auf den Tisch legen für den Tip!«

»Vielleicht komme ich auf dein Angebot noch einmal zurück...«, entgegnete Brady. Dann nahm er den Schweißbrenner wieder auf und meinte: »Machen wir uns wieder an die Arbeit.«

Während der nächsten zwei Wochen behielt Brady seine Gedanken für sich. Aber während er täglich hoch oben in schwindelnder Höhe arbeitete, ließ er seine Blicke ständig umherwandern und prägte sich jede Einzelheit der Anstalt ein, bis deren Grundriß seinem Gehirn wie eingeätzt war. Wahrscheinlich würde er sorgfältig planen müssen, aber ganz im Hintergrund seines Geistes dämmerte schon eine Idee, und ein Plan begann Gestalt anzunehmen.

Eines Donnerstags kurz vor dem Mittagessen rief ihn ein Wachtmeister herunter und erklärte ihm, daß er Besuch habe. Während er sich vor dem Besuchszimmer in die Schlange der Wartenden einreihte, fragte er sich, wer ihn wohl besuchen wolle. Er hatte keine Freunde in England, und seine beiden Eltern waren tot. Er hatte nur noch eine Schwester, die in Boston lebte und während des Prozesses in England gewesen war.

Als er an die Reihe kam, führte ihn der Wachtmeister in den Raum und ließ ihn in einer kleinen Kabine Platz nehmen. Brady wartete ungeduldig. Zu beiden Seiten wurden angeregte Unterhaltungen geführt, die ihm zu einem sinnlosen Wortgeschwirr verschmolzen. Dann öffnete sich die Tür, und ein junges Mädchen trat ein.

Sie mochte etwa zwanzig Jahre alt sein. Ihr dunkles Haar

war kurz geschnitten wie das eines Jungen; ihre Haut spannte sich blaß über etwas vorstehenden Wangenknochen; die Augen waren dunkelbraun. Man konnte sie nicht gerade schön nennen, aber in einer Menge beliebiger Leute wäre sie aufgefallen.

Etwas zögernd setzte sie sich und sah sich unsicher um.

»Mr. Brady, Sie werden mich nicht kennen. Mein Name ist Anne Dunning...«

Brady legte die Stirn in Falten. »Ich fürchte, ich verstehe das alles nicht.«

»Sie haben meinen Vater gekannt; Harry Dunning!« versuchte sie zu erklären. »Ich glaube, Sie haben zusammen am Zembre-Damm in Brasilien gearbeitet.«

Bradys Augen weiteten sich, und er beugte sich überraschend vor.

»Dann sind Sie also die Tochter von Harry Dunning...? Ja, wie geht es ihm denn? Ich habe schon ewig nichts mehr von ihm gehört – seit wir uns in New York trennten, nachdem wir die Arbeit am Zembre hinter uns hatten. Wollte er nicht nach Guatemala gehen?«

Sie nickte und drehte nervös ihr Portemonnaie in den Händen.

»Er ist tot, Mr. Brady. Er hatte in Kuba einen Unfall und starb sechs Wochen später...«

Brady war ernstlich erschüttert.

»Es tut mir sehr leid«, stammelte er verstört. »Ich war mit Ihrem Vater sehr gut befreundet.«

»Ja, das hat er auch gesagt«, stimmte sie zu. »Ich bin sofort zu ihm geflogen, sowie ich die Nachricht von seinem Unfall erhielt. Bis zu seinem Tode war ich bei ihm. Er hatte auch von Ihrem Fall gehört und erklärte mir, daß Sie niemals eine solche Tat begehen würden. Er war fest davon überzeugt, daß Sie beim Prozeß die Wahrheit sagten; und er erzählte mir auch, daß Sie ihm einmal das Leben gerettet hatten.«

»Es ist schön zu hören, daß wenigstens ein Mensch mir geglaubt hat«, meinte Brady.

Sie öffnete ihre Geldbörse und zog an einer Kette eine altmodische silberne Uhr heraus. Sie hielt sie dicht an das Drahtgitter, so daß er sie genau betrachten konnte.

»Es war sein Wille, daß Sie diese Uhr annehmen sollten. Er bat mich darum, daß ich sie Ihnen persönlich übergebe. Ich denke, ich könnte sie einstweilen dem Anstaltsdirektor überreichen, damit sie mit Ihren anderen Effekten aufbewahrt wird.«

Er schüttelte freundlich den Kopf. »Ich kann sie hier doch nicht gebrauchen; es wäre schade um sie. Bewahren Sie mir die Uhr auf!«

»Möchten Sie das wirklich?«

Er nickte. »Es könnte sein, daß ich früher hier herauskomme, als Sie glauben, und dann können Sie mir persönlich die Uhr übergeben.«

Sie ließ das Erinnerungsstück wieder in die Tasche gleiten und beugte sich vor.

»Aber soviel ich weiß, ist Ihr Revisionsantrag doch verworfen worden?«

»Oh, ich habe noch ein paar Eisen im Feuer«, erklärte er lächelnd, ohne jedoch genauer zu sagen, was er meinte. »Erzählen Sie mir noch etwas über sich selber. Woher wußten Sie, daß Sie mich hier finden würden?«

»Als man Sie hierher verlegte, stand eine kleine Notiz darüber in der Zeitung«, entgegnete sie. »Und ich trete in einer Show auf, die diese Woche im ›Hippodrom‹ von Manningham spielt. Das schien mir eine gute Gelegenheit zu sein. Heute morgen bat ich telefonisch den Direktor um Besuchserlaubnis und erhielt sie auch.«

»Wie geht denn bei Ihnen das Geschäft?« fragte er.

Sie schnitt eine kleine Grimasse. »Schlecht. Wir sollten zwölf Wochen lang durch die Provinz tingeln, aber ich glaube, am Samstagabend machen wir jetzt Schluß!« Dann seufzte sie. »Ich hatte wirklich geglaubt, daß ich diesmal zusammenbrechen würde. Ich habe sehr oft die zweite Rolle und drei Solopartien in unserem Programm übernommen; aber so ist es nun einmal im Showgeschäft.«

»Ich würde wer weiß was darum geben, wenn ich heute abend bei Ihrem Auftritt schön bequem in der Mitte der ersten Reihe sitzen könnte«, schwärmte Brady.

Sie schaute ihn aus den Augenwinkeln schelmisch an und lächelte.

»Ich würde auch einiges darum geben, wenn Sie dort sitzen könnten, Mr. Brady. Mein Vater hatte, glaube ich, recht mit seiner Meinung über Sie! Was meinen Sie, ob man mich noch einmal vorläßt zu Ihnen, bevor ich Manningham wieder verlasse?«

Er schüttelte den Kopf. »Ich fürchte, nein; aber Sie könnten mir ja einmal schreiben.«

»Das möchte ich schon gern tun«, sagte sie. »Ich werde Ihnen auch meine Londoner Adresse geben.«

Der wachhabende Beamte tippte ihm auf die Schulter, und Brady erhob sich. Einen Augenblick noch stand das Mädchen drüben auf der anderen Seite und schaute ihn durch das Drahtgitter hindurch an, und es sah dabei so aus, als ob es etwas sagen wollte, aber nicht die richtigen Worte fand. Schließlich drehte sie sich abrupt um und ging hinaus, während er dem Wachhabenden hinunter in den Speisesaal folgte. Den ganzen Weg über mußte er dabei an das Mädchen denken.

Als sie an dem Nachmittag wieder an der Arbeit waren und eine kleine Zigarettenpause einlegten, fragte Evans ihn nach dem Mädchen aus.

»Wer war das eigentlich, Söhnchen? Ich habe gehört, sie soll sehr hübsch gewesen sein.«

»Gibt es in diesem Hause etwas, das du nicht erfährst?«

Evans schmunzelte.

»Wenn es so etwas gäbe, dann ist es wahrscheinlich unwichtig und keinen Gedanken wert.«

Ehe Brady sich noch eine befriedigende Antwort ausdenken konnte, ertönte die Signalpfeife und gab das Zeichen, daß die Arbeit für diesen Tag beendet sei. Sie packten ihr Werkzeug zusammen und begaben sich zum Baugerüst hinüber.

Auf der kleinen Plattform, die die dritte Etage umlief, herrschte ein großes Gedränge von Arbeitern. Brady drehte sich um und wollte rückwärts die Leiter zum nächsten Stockwerk hinabsteigen, als ihn eine Hand kräftig in den Rücken stieß.

Er schoß mit dem Kopf voran ins Leere und stieß einen Entsetzensschrei aus, doch dann packte ihn jemand an der Arbeitsjacke und riß ihn zur Seite. Seine Hände konnten einen Balken fassen, und er hing dort eine Weile, bevor er sich auf das Gerüst und in Sicherheit zurückhangeln konnte.

Der ganze Vorfall war in Sekundenbruchteilen geschehen, und die meisten Männer hatten nicht einmal etwas davon bemerkt. Brady lehnte sich gegen das Geländer des Gerüstes und wischte sich den Schweiß vom Gesicht, als sich Evans durch die Menge zu ihm hindurchdrängte.

»Donnerwetter, ich habe mich noch niemals so beeilt«, stieß der Alte hervor.

»Konntest du sehen, wie das eigentlich kam?« fragte ihn Brady.

Evans schüttelte den Kopf. »An der Leiter war so ein verdammtes Gedränge, weil sie alle nicht schnell genug hinunterkommen konnten.«

»Ich schätze, ich habe großen Dusel gehabt, daß du in der Nähe warst«, meinte Brady.

Aber tief in ihm steckte ein Gedanke, ein nagender Zweifel. Eine Hand hatte ihn in den Rücken gestoßen und ins Leere hinausgestürzt, das war sicher. Warum aber nur? Er hatte keine Feinde hier, und seine Freundschaft mit Evans sicherte ihm unter den übrigen Häftlingen eine privilegierte Stellung.

Er dachte zunächst daran, mit Evans eingehend über diesen Vorfall zu sprechen, aber dann entschloß er sich doch, es nicht zu tun. Er hatte wichtigere Dinge im Kopf, sehr viel wichtigere Dinge...

Diese Unterlassung sollte jedoch schwerwiegende Folgen haben. Am nächsten Morgen arbeitete er auf dem Gerüst am dritten Stock und schweißte ein gebrochenes Rohr. Hinter ihm wurden Ziegelsteine in einem Segeltucheimer nach oben zum vierten Stock emporgezogen.

Daß er gerettet wurde, war ein reiner Zufall. Er wollte gerade eine kleine Atempause einlegen und schob seine Brille auf die Stirn hoch, da sah er aus den Augenwinkeln plötzlich etwas auf sich zukommen. Er warf sich sofort flach auf die Gerüstbretter, und der schwere, beladene Eimer aus Segeltuch schwang langsam über das Gerüst hinaus ins Leere und dann wieder zurück.

Als der Eimer dann weiter emporgezogen wurde, erblickte Brady über sich einen großen, dunkelhäutigen Kerl mit einer gebrochenen Nase und dunklem, gekräuseltem Haar, der über die Kante des Gerüstes herunterstarrte. Der Mann hielt Bradys Blick ruhig stand und trat dann zurück.

Brady kletterte die Leiter zum vierten Stock hoch und fand dort Evans, der dabei war, Winkeleisen in einem der halb fertiggestellten Räume am Nordende des Gebäudes zu verschweißen.

Der Alte schob seine Schweißerbrille auf die Stirn und strahlte. »Na, eine kleine Rauchpause gefällig?«

»Hör zu, eben hat jemand versucht, mich über das Gerüst vom dritten Stock herabzustürzen«, berichtete Brady atemlos.

Evans erhob sich langsam. »Ist das wahr?«

»Ja. Das ist jetzt das zweite Mal innerhalb von zwei Tagen«, fuhr Brady fort. »Der Vorfall gestern nachmittag an der Leiter war jedenfalls kein unglücklicher Zufall.«

»Und hast du eine Ahnung, wer das getan haben könnte?« fragte der Alte.

Brady nickte. »Komm mit heraus; ich will ihn dir zeigen.«

Der Mann mit der gebrochenen Nase war gerade dabei, am anderen Ende der Plattform eine Schubkarre mit Ziegeln zu beladen.

Evans runzelte die Stirn. »Das ist Jango Sutton. Er hat eine kleine Liebhaberei für Eigentumsveränderung, muß sieben Jahre für einen Raubüberfall absitzen. Hat einen siebzigjährigen Nachtwächter mit einer Eisenstange niedergeschlagen. Er ist eben ein harter Bursche«, setzte er sarkastisch hinzu.

»Er sieht aus wie ein Ausländer«, meinte Brady gedankenvoll.

Evans schüttelte den Kopf.

»Er ist ein Zigeuner und wohnt, soviel ich weiß, hier in Manningham. Er hat ein Mädchen aus dem Ort geheiratet.«

»Ich möchte doch zu gern wissen, wer ihn zu den Anschlägen angestiftet hat!«

Evans nickte grimmig. »Das ist leicht zu machen. Du bringst ihn hier herein, und den Rest kannst du dann mir überlassen.«

Sutton schob jetzt die Karre mit den Ziegelsteinen die Plattform des Gerüstes entlang. Die beiden Männer traten in den Raum zurück und warteten ab. Als der Zigeuner an der Tür vorbeikam, trat Brady vor, packte ihn am Genick und zog ihn mit solcher Kraft in den Raum zurück, daß Sutton durch den Raum stolperte und an die gegenüberliegende Wand prallte.

»He, zum Teufel, was soll das?« fragte er und rappelte sich wieder auf die Füße hoch.

»Du hast zweimal in zwei Tagen versucht, mich über das Gerüst gehen zu lassen«, knurrte Brady. »Ich möchte jetzt endlich wissen, warum du das getan hast!«

»Blödsinn!« schimpfte Sutton und rannte zur Tür.

Evans streckte in aller Ruhe sein Bein aus, vor die Füße des Zigeuners, und dieser schlug schwer auf das Gesicht. Als er sich herumdrehte und wieder aufstehen wollte, drückte Evans ihn mit einem Fuß runter und hockte sich neben ihn, den Schweißbrenner in der Hand. Er ließ die Flamme brausen, bis die stählerne Spitze des Rohres weiß glühte, und grinste dabei bösartig.

»Nun sei vernünftig, Junge; mehr als das wollen wir gar nicht von dir.«

Der Zigeuner leckte sich in panischer Furcht seine dicken

Lippen und starrte fasziniert vor Angst auf die Spitze der Flamme. »Das werdet ihr doch nicht wagen...«

»Doch, mein Kleiner, ich will dich ein bißchen kitzeln«, erklärte Evans. »Wir werden dir schon noch verschiedene Mätzchen abgewöhnen, du Lauselümmel...«

»Ihr seid verrückt«, stieß Sutton hervor, und seine Stimme überschlug sich fast.

»Ja, das bin ich, wenn du uns nicht sofort erzählst, was wir wissen wollen!« entgegnete Evans, und der Ton seiner Stimme war plötzlich hart und kalt und ohne eine Spur von Ironie. »Es wäre gut für dich, wenn du auspackst. Wer hat dich angestiftet, meinen Kumpel vom Gerüst zu stoßen?«

Sutton drehte den Kopf verzweifelt von einer Seite zur anderen und versuchte, sich nach rückwärts wegzuschieben. Evans packte ihn mit der freien Hand vorn am Hemd und näherte den Brenner seinem Gesicht.

Sutton kämpfte wie ein Wahnsinniger; sein Gesicht war von Entsetzen verzerrt.

»Ich will es sagen«, schrie er hysterisch. »Es war Wilma, meine Frau! – Sie kam gestern morgen und hat mich besucht. Dabei hat sie mir erzählt, daß ich fünfhundert Pfund verdienen könnte, wenn ich es arrangiere, daß dieser Brady da einem Unglück zum Opfer fällt! Zweihundertfünfzig sollte es zusätzlich geben, wenn es bis Sonntag geschähe...«

Brady stand in der Tür und behielt die Plattform des Gerüstes im Auge, falls jemand von den Schließern heraufgeklettert käme.

»Und wer hat ihr aufgetragen, dir das zu bestellen?« fragte er eindringlich.

»Ich weiß es nicht!« erwiderte Sutton. »Sie wollte es mir nicht sagen.«

»Er lügt«, erklärte Brady: »Das ist doch ganz unglaubwürdig, was er da erzählt!«

Evans zog Sutton hoch, bis er saß, und hielt den Schweißbrenner so, daß die Hitze bereits das schwarze Haar des Zigeuners anzusengen begann.

»Doch, es ist wahr«, schrie Sutton. »Ich habe sie gefragt, wer der Auftraggeber sei, aber sie wollte es mir nicht sagen!«

Evans schaute zu Brady auf.

»Genügt dir das?«

Brady nickte. Evans zog Sutton daraufhin auf die Füße, hielt ihn aber noch einen Moment lang fest.

»Mein Junge, laß dir noch einmal solche Mätzchen einfallen, und wir werden dich scheibenweise über die Mauer werfen.«

Er stieß Sutton von sich; der Zigeuner wand sich wie ein Aal unter Bradys Arm hindurch und schlüpfte aus der Tür. Evans drehte den Schweißbrenner ab und holte ein paar Zigaretten aus seiner Jackentasche hervor.

»Kannst du dir einen Vers darauf machen?«

Brady schüttelte den Kopf. »Nein. Weißt du irgend etwas über seine Frau?«

»Sie hat ein Lokal da unten am Fluß«, berichtete Evans. »Es heißt ›Club 21‹; dort werden alle möglichen dunklen Geschäfte betrieben, verstehst du. Die Gute ist schon seit ihrem vierzehnten Lebensjahr in der Branche!«

Brady steckte sich erneut eine Zigarette an, lehnte sich an die Tür und blickte finster vor sich hin.

Nach einer Weile fragte Evans: »Was denkst du jetzt, Söhnchen?«

»Oh, so mancherlei«, antwortete Brady. »Zum Beispiel, daß irgend jemand ein ungeheures Interesse daran hat, mich tot zu sehen. Ich würde wirklich zu gern wissen, warum. Wenn ich das herausfinden könnte, hätte ich bestimmt die Antwort auf viele Dinge – auch darauf, wer Marie Duclos ermordete! Darauf kannst du dich verlassen.«

»Und wie willst du das nun herausbekommen?« wollte Evans wissen.

Brady drehte sich um und lachte.

»Du hast doch die Nase eines Spürhundes!«

Er ging zu einem Haufen von Schutt und Ziegelsteinen in einer Ecke, griff dahinter und zog ein Seil aus Manilahanf hervor.

»Dieses Seil hier ist zwölf Meter lang«, erklärte er; »außerdem besitze ich noch eine Seilschlinge von zwei Meter Umfang, mit einem Schnappverschluß. Unter meiner Matratze liegt eine Drahtschere versteckt – das ist alles, was ich benötige!«

»Ja, wofür brauchst du denn um Gottes willen das alles?« fragte Evans stirnrunzelnd.

»Ich werde ausbrechen«, sagte Brady ruhig. »Ich habe jetzt eine Spur – Wilma Sutton! Ich muß herausbekommen, wer sie für dieses Geschäft gewonnen hat, und wenn ich es aus ihr herausprügeln sollte!«

»Du mußt wahnsinnig sein«, knurrte Evans. »Das wirst du doch unmöglich schaffen!«

»Vieles kann man schaffen, wenn man nur ganz fest will«, gab Brady zurück. »Komm mal mit mir nach oben, dann werde ich es dir erklären...«

Sie gingen auf dem Steg entlang, kletterten am Gerüst hinauf und kauerten sich in einen Winkel der Stahlträger.

»Du hattest recht, als du mir erklärtest, daß man mit einem Ausbruch aus der Zelle noch nichts erreicht hat«, meinte

Brady. »Niemand könnte jemals hoffen, durch all die Tore und Türen hinauszukommen. Ich habe mich daher entschlossen, das alles zu umgehen.«

»Und wie zum Teufel hast du dir das vorgestellt?« fragte ihn Evans.

Brady nickte zu der Glaskuppel des Zentralgebäudes hinauf.

»Hast du schon mal bemerkt, wie die Schließer, wenn sie unseren Block betreten, gleich bei der Zentrale einen Hebel niederdrücken? Damit wird ein System von Drahtzügen betätigt, durch welche die Entlüftungsfenster in der Glaskuppel geöffnet oder geschlossen werden. Und das ist der Weg, auf dem ich herauskomme.«

»Du mußt verrückt sein!« meinte Evans. »Die Zentralkuppel muß mindestens vierzig Meter hoch sein!«

»Es ist alles möglich«, erklärte ihm Brady. »Ich werde mir einen Weg durch den Maschendraht am Ende unserer Etage schneiden. Von dort aus kann ich dann die Stahlstreben der Zentrale erreichen. Und dieses führt direkt zur Kuppel empor.«

»Niemand kann dort hinaufklettern«, gab Evans zurück, »die Stahlträger sind ja fast senkrecht! Das ist unmöglich zu schaffen.«

»O doch, wer ein wenig Erfahrung mit derartigen Dingen hat, kann es schaffen«, betonte Brady. »Vergiß nicht, daß ich Bauingenieur war. Ich habe an vielen Brücken und hohen Gebäuden auf der ganzen Welt gearbeitet. Ich werde Schuhe mit Gummisohlen tragen und diese Schlaufe mit dem Schnappverschluß als Sicherheitsgurt benutzen.«

»Wollen wir einmal annehmen, daß du aus der Kuppel herauskommst«, meinte Evans. »Was dann?«

»Dort drüben führt eine Regenrinne hinunter auf das Dach von Block D!« Brady nickte zum Gebäude hinüber. »Ich kann am Dachfirst bis zum Schornstein der Wäscherei kriechen. Von dort aus werde ich mich bis zu dem eisernen Rohr abseilen, das hinüber zur Außenmauer führt. Dies ist der einzige schwache Punkt dieser Anstalt, aber ich denke, sie halten dieses Rohr deshalb für harmlos, weil es von der Erde aus niemand erreichen kann. Es ist immerhin elf Meter hoch!«

»Und genauso weit führt es völlig frei über den Hof«, meinte Evans. »Selbst wenn du bis dahin gekommen wärst, würdest du dir sehr wahrscheinlich beim Weitermachen den Hals brechen!«

»Und ich versuche es doch«, sagte Brady hartnäckig. »Nichts wird mich abhalten können!«

Evans seufzte. »Wann, meinst du, willst du es versuchen?«

»Sonntag abend«, erklärte Brady. »Es ist um diese Jahreszeit schon um fünf Uhr dunkel, und um sechs werden wir für die Nacht eingeschlossen. Von diesem Zeitpunkt an ist nur noch ein Wachhabender in der Zentrale, der alle Zellenhäuser zu beaufsichtigen hat.«

»Das kann aber ein gerissener Bursche sein«, warf Evans ein.

»Gewöhnlich schleicht der Wachhabende in Hausschuhen herum, und du weißt nie, wo er gerade steckt und was er vorhat!«

»Ich werde schon aufpassen und die beste Gelegenheit suchen«, erwiderte Brady. »Wenn ich ein bißchen Glück habe, werden sie mein Fehlen nicht vor dem Frühstück merken. Allerdings bin ich auf dich angewiesen – und auf deinen Löffeltrick...«

Evans strahlte.

»Du wirst mich auch noch für mehr als nur für den Löffeltrick brauchen! Stell dir nur vor, du kämst über die Mauer und in die Stadt hinein. Wo willst du dann Geld und Zivilkleidung herkriegen?«

Brady zuckte die Achseln.

»Ich muß irgendwo einbrechen. Gelegenheit suchen. Was bleibt mir sonst schon übrig?«

»Ich habe mir mal einen Schlüssel gebastelt, in der Dreherei«, erklärte Evans. »Den habe ich in der Zelle versteckt. Mit diesem Ding kannst du jedes Schloß öffnen, das von Menschenhand gebaut wurde.« Er unterbrach sich und grinste. »Oder fast jedes... Falls du über die Mauer kommst, dann schleich dich zunächst durch den Friedhof. An dessen anderer Seite wirst du auf einen kleinen Kramladen stoßen; so ein kleiner Pinscher, weißt du. Dort kannst du dich ausrüsten, und wenn du Glück hast, kannst du sogar ein bißchen Zaster in der Ladenkasse finden.«

»Glaubst du sicher?« fragte Brady.

Evans nickte. »Erinnerst du dich, ich habe dir doch erzählt, wie ich versuchte, einen Weg hier herauszufinden, gleich nachdem ich eingeliefert wurde. Ein Kumpel in meiner Zelle hat mir den Tip mit dem Laden gegeben. Aus diesem Grunde habe ich mir den Spezialschlüssel gebastelt. Der Tip war erstklassig, aber leider fand ich niemals einen Weg hier heraus. Und jetzt ist es zu spät für mich!«

Brady drehte sich um und schaute über die Mauer, über die Eisenbahnlinie und den Friedhof dahinter hinweg. Der Laden und der Schlüssel, das waren die letzten Glieder in seinem Plan. Er fühlte sich jetzt völlig ruhig, völlig selbstsicher und vom Gelingen überzeugt. Die Signalpfeife schrillte und zeigte das Ende der Mittagspause an. Er folgte Evans die Leiter hinunter, doch plötzlich begannen seine Hände leicht zu zittern; denn nun erst wurde ihm bewußt, daß er vor einem Ausbruchversuch stand und daß es nichts mehr gab, was ihn noch aufhalten konnte.

4

Der Regen schlug gegen die Fensterscheiben, als Brady in die Dunkelheit hinausstarrte. Nach einer Weile drehte er sich um und lächelte verkniffen. »Diese Nacht ist ein Geschenk des Himmels für das, was ich vorhabe!«

Evas stand an der Tür und lauschte. Er drehte sich ebenfalls um und nickte. »Ja, das stimmt, Söhnchen. Wenn du wirklich gehen willst, dann geh jetzt!«

Brady hob die Matratze an, holte das Seil hervor und hängte es sich über die Schulter. Die Schlinge legte er sich um die Taille, dann steckte er die Drahtschere in seine Jackentasche und war damit bereit.

Evans kniete bereits an der Tür. Einen Moment später gab es ein Klicken, und die Tür öffnete sich leise. Der alte Mann spähte vorsichtig hinaus, drehte sich dann um und nickte. »Hast du jetzt alles?«

Brady klopfte ihm auf die Schulter. »Es gibt nur noch eines, was mich beunruhigt. Was wird man mit dir machen?«

Evans grinste. »Oh, das ist doch einfach: Ich erzähle ihnen, daß ich noch nie in meinem Leben so überrascht war wie in dem Augenblick, als du plötzlich die Tür öffnetest! Und schließlich kann man von mir nicht erwarten, daß ich dich zurückhalte, nicht wahr? Mein Leben ist auch noch etwas wert.«

Brady versuchte, sich diese Szene vorzustellen. Evans schmunzelte wieder.

»Nur vorwärts, Söhnchen. Mach, zum Kuckuck, daß du hier rauskommst, und Hals- und Beinbruch!«

Die Galerie lag im Halbdunkel da, und im ganzen Block herrschte tiefe Stille. Brady blieb einen Moment lauschend stehen; als sich die Tür dann hinter ihm geschlossen hatte, schlich er schnell und unhörbar in seinen Gummischuhen zur Treppe am anderen Ende.

Eine einzige Lampe nur beleuchtete die große Halle unten, und die Kuppel lag völlig in Finsternis. Brady kletterte auf das Geländer und klomm im Maschendraht aufwärts, bis er unter dem Dach des Zellenhauses angekommen war. Dann hakte er den Schnappverschluß der Seilschlinge in den Draht, sicherte sich damit und holte die Drahtschere heraus. Unverzüglich machte er sich an die Arbeit.

Es ging alles überraschend leicht. Brady nahm sich genügend Zeit, um zunächst in einer geraden Linie quer über sich und dann seitlich an der Mauer hinunter Masche um Masche durchzuschneiden. Er brauchte dafür nur fünf Minuten, und als er fertig war, ließ er die Drahtschere wieder in die Tasche gleiten und stieß den Sektor, den er so ausgeschnitten hatte, nach draußen.

Der erste Stahlträger strebte von einem Vorsprung der Wand, der sich etwa einen Meter weiter rechts befand, nach oben. Brady löste die Seilschlinge und reckte sich durch die Öffnung im Maschendraht. Er konnte den Träger kaum berühren. Schließlich holte er tief Atem, stieß sich ab und sprang nach vorn. Einen Augenblick lang hielt ihn der Maschendraht, und als er durchzusacken begann, konnte sich Brady mit einem festen Griff am Träger festhalten. Kurze Zeit später stand er auf dem kleinen Vorsprung, eingezwängt zwischen dem Träger und der Wand.

Unten in der Halle schlug ein Tor zu. Brady hielt den Atem an und wartete. Ein Wachtmeister trat in den Lichtkreis und bieb vor seinem Schreibpult stehen. Er machte eine Eintragung in sein Wachbuch und ging dann weiter auf Block A zu, der an der entgegengesetzten Seite lag. Er stieß das Tor auf, verschloß es wieder hinter sich und verschwand.

Jetzt verlor Brady keine Zeit mehr. Er legte die Schlinge um den Träger und um seinen Körper und ließ den Verschluß zuschnappen. Dann lehnte er sich weit zurück, spannte sich in der Schlinge und begann zu klettern.

Es war nicht schwerer als irgendwelche sonstigen Arbeiten, die er als Bauingenieur jemals geleistet hatte, redete er sich ein. Die Brücke damals in Venezuela zum Beispiel, hoch im Gebirge der Sierras, mit dem Sturm, der jeden Tag die Männer wie Fliegen von den Stangen riß, war weitaus gefährlicher gewesen. Der einzige Unterschied war, daß er damals für seine Arbeit bezahlt wurde – sehr gut bezahlt wurde, und diesmal nicht.

Er mußte den unbändigen Wunsch nach Lachen unterdrücken und starrte unter sich. Der Lichtkreis war kleiner geworden, war mehr und mehr verschwunden. Es war Brady, als ob das Gefängnis immer weiter zurückblieb. Er atmete tief und kletterte weiter.

Verschiedene Male mußte er seinen provisorischen Sicherheitsgurt aushaken, wenn er an einem Querträger vorbei mußte, aber erst als er an den Rand der eigentlichen Kuppel selbst kam, traten ihm wirkliche Schwierigkeiten entgegen.

Die Träger besaßen jetzt eine Krümmung und verliefen auf den letzten drei Metern nach oben ganz dicht an der Wand entlang. Hinter ihnen waren nur noch wenige Zentimeter Zwischenraum bis zur Wand, in dem er die Schlinge dann höher schieben konnte. Doch daß er es nicht schaffen würde, dieser Gedanke kam ihm nicht eine Sekunde lang in den Kopf. Er starrte wieder von seinem Thron auf einem Querträger hinunter in die Tiefe, auf den winzigen Lichtfleck der Zentrale, und dann zwängte er ein Ende der Schlinge hinter den Träger und ließ das Schloß wieder neu einschnappen. Den ersten Meter aufwärts ging es nicht schlecht, als jedoch die Wölbung der Kuppel begann, hing sein Körper schräg nach innen. Er preßte seine Füße gegen den Träger und legte sein ganzes Gewicht gegen die Schlinge. Qualvoll kroch er Zentimeter um Zentimeter aufwärts, bis sein Körper wie ein Bogen gewölbt war. Er wußte, daß, wenn er seinen Kopf nur noch ein klein wenig rückwärts beugte, er das Licht direkt unter sich erblicken könnte. Einmal glitt sein Fuß etwas aus, und die Schlinge knackte verdächtig. Seine Eingeweide krampften sich zusammen. Verzweifelt stemmte er seine Füße gegen den Träger, kroch wieder mehrere Zentimeter in einem Zug aufwärts, griff nach oben, und seine Finger tasteten über den Rand hinaus.

Seine Hand ruderte in der Luft herum, und endlich konnte er eine Metallkante packen. Mit einer Hand klammerte er sich fest, hing einen Augenblick zwischen Himmel und Erde und löste mit der anderen sorgfältig die Schlinge.

Mit der gleichen Sorgfalt legte er das Seil um seinen Körper, damit es nicht in die Zentrale hinunterfiel. Sein Körper begann zum Zentrum der Kuppel hin zu schwingen. Er griff mit der anderen Hand nach oben, faßte die Metallkante fester und zog sich mit einem Klimmzug nach oben auf den Träger.

Schwer atmend lag er dort einen Augenblick lang mit klopfendem Herzen und zitternden Händen. Es war gerade Platz genug, daß sein Körper gequetscht liegen konnte. Das

Entlüftungsfenster befand sich auf der anderen Seite, und vorsichtig machte er sich nach einer Weile daran, im Bogen hinüberzukriechen.

Der Träger war von dem Staub vieler Jahre bedeckt, der in leichten Wölkchen hinunterrieselte, ihm in die Nase stieg und den Drang zum Niesen in ihm weckte.

Das Entlüftungsfenster war verschlossen. Er versuchte, es aufzustoßen, aber es bewegte sich nicht. Er holte deshalb seine Drahtschere heraus und trennte den Drahtzug durch, der an der Kuppel entlang nach unten zur Zentrale lief. Die beiden durchschnittenen Enden hielt er fest und legte das längere Ende um einen Haken herum. Dann stieß er das Fenster auf und kroch hinaus.

Die Aussicht war großartig: Die Lichter von Manningham leuchteten durch den Regenschleier; ein Zug ratterte hinter der Mauer vorbei und pfiff durch die stille Nacht...

Brady atmete die frische Luft tief in sich ein und war von einer unsagbaren Freude erfüllt.

Die Regenrinne stammte noch aus den Zeiten der Königin Victoria, war solide und fest in die Wand eingelassen und schien so unzerstörbar, als ob der Erbauer sie ebenso haltbar machen wollte wie das ganze Gebäude.

Brady glitt rückwärts über den Rand der Dachrinne, ohne einen Gedanken an die Gefahr zu verschwenden. Einen Augenblick hing er dort und begann dann ruhig abzusteigen. Seine Hände konnten mit Leichtigkeit in den Zwischenraum zwischen Regenrohr und Mauer fassen.

Er brauchte kaum eine Minute, um auf den First von Block D hinabzukommen. Von dort konnte er erkennen, wie ein Wagen unten im Hof wartend vor dem Tor stand. Ein Wachhabender kam heraus und beugte sich zum Fenster hinab. Einen Augenblick später gab er ein Zeichen, das Tor öffnete sich, und der Wagen fuhr hinaus. Wahrscheinlich saß der Direktor darin, der zu einer Sonntagabend-Bridgepartie fuhr... Brady mußte unwillkürlich grinsen. Der Bursche würde morgen einiges zu tun bekommen...!

Ohne besondere Schwierigkeiten kletterte Brady den Dachfirst entlang, breitbeinig, auf jeder Seite einen Fuß, und die Hände gegen die Ziegel gestemmt. Der Schornstein der Wäscherei war noch warm. Brady kletterte um ihn herum und spähte hinunter.

Diesmal konnte er nicht das geringste sehen. Er erinnerte sich plötzlich an Evans' Worte, der ihn gewarnt hatte, daß ihm, selbst wenn er bis hierher gelangt sei, doch immer noch die größte Aussicht darauf winke, den Hals zu brechen... Unwillkürlich schauderte er; doch dann schüttelte er diese Gedanken ab, kauerte sich nieder und rollte schnell das zusammengelegte Seil ab.

In gewisser Weise stand ihm jetzt die schwierigste Partie seiner Flucht bevor. Er konnte das Seil nicht am Schornstein befestigen, weil er es noch benötigte, um sich später an der Außenmauer herunterzulassen. So legte er das Seil nur einmal um den Schornstein herum und verschnaufte noch einen Augenblick vor dem Abstieg. Beide Seilstränge fest in den Händen, ließ er sich dann vorsichtig über den Rand des Daches hinunter.

Seine Füße glitten über die nassen Ziegel der Hausmauer; er schürfte sich die Knie auf, schlug schmerzhaft gegen die Wand und plumpste dann schwer auf das horizontal vom Haus weg laufende Rohr. Mit gespreizten Beinen setzte er sich darauf, zog das eine Seilende ein, wodurch das andere in die Nacht hinunterfiel, und rollte dann das Seil sorgfältig auf.

Dann legte er es sich um den Hals und begann, Zentimeter um Zentimeter auf dem Rohr entlangzurutschen.

Während der folgenden Minuten schien die Zeit stehenzubleiben. Alle Geräusche verstummten, als er sich durch die totale Finsternis vorwärtsbewegte. Es kam ihm wie ein Traum vor, als er endlich mit der einen Hand rauhes Steinwerk berühren und den Rand der Mauer erkennen konnte – eine dunkle Linie gegen den Nachthimmel.

Schnell rollte er das Seil wieder auf, befestigte ein Ende um das Rohr und schleuderte das andere über den Rand. Er verkrallte seine Finger in einem winzigen Riß des Steinwerks und richtete sich langsam auf.

Die Mauerkante war bequem für ihn zu erreichen. Er zog sich daran hoch, wobei er die rostigen Zinken sorgfältig mied, und glitt dann auf der anderen Seite hinunter. Für einen Augenblick hing er schwankend am Ende des zu kurzen Seils, bevor er sich ungefähr zwei Meter tief in das nasse Gras am Rande des Abhanges fallen ließ, der zur Eisenbahnlinie hinunterführte.

Er war sofort bis auf die Haut durchnäßt. Als sich ein Zug näherte, preßte er seinen Körper fest auf den Boden und drückte sein Gesicht in das nasse Gras. Sein Herz schlug ihm bis zum Hals. Endlich, als der Zug in der Ferne wieder verschwand und das Rattern der Wagen in der dunstigen Luft noch schwach nachzitterte, erhob er sich und rutschte die Böschung hinunter, ohne noch einen einzigen Blick hinter sich auf die Mauer zu werfen.

Als er die Gleise überquerte und auf der anderen Seite die Böschung wieder hinaufkroch, schlug eine Turmuhr die halbe Stunde. Seit er die Zelle verlassen hatte, waren also zwanzig Minuten vergangen – länger hatte er nicht gebraucht.

Wenn nichts schiefginge, würde er noch zwölf Stunden Vorsprung bis zum ersten Morgen-Rundgang haben.

Er stieg über die niedrige Mauer des Kirchhofs und schlich langsam zwischen den Grabsteinen entlang. Aus den hohen Fenstern der Kirche fiel ein Licht, und eine Orgel intonierte die ersten Takte einer Hymne. Einen Moment später fiel die Kirchengemeinde ein, und ihre Stimmen klangen in die Nacht.

Jetzt wußte Brady, daß die Abendandacht begonnen haben mußte. Er hielt sich immer an der Mauer entlang, bis er zum Tor kam, und schlüpfte dann hinaus.

Es war eine ärmliche Gegend, in die er geraten war. Die angrenzenden Straßen wurden von halbverfallenen, niedrigen Häusern gesäumt. Der bewußte Laden lag an einer Ecke, nur etwa zwanzig bis dreißig Meter entfernt. Ein Auto knatterte vorbei, Radreifen quietschten über den nassen Asphalt, doch dann war alles wieder ruhig.

Während er den Fahrdamm überquerte, hielt er den Schlüssel bereit in der Hand. Im Magen spürte er plötzlich eine Leere, und so etwas wie Angst kroch in ihm hoch. Vielleicht hatte Evans schlechte Arbeit geleistet? Vielleicht würde der Schlüssel doch nicht in das Schloß passen? Nun, das konnte man ja gleich feststellen.

Er trat in den dunklen Eingang des Geschäftes, zögerte für den winzigen Bruchteil einer Sekunde und beugte sich dann nieder. Seine tastenden Finger fanden das Schlüsselloch; der Schlüssel drehte sich leicht! Einen Moment später stand Brady drinnen, den Rücken an die Tür gelehnt, und er empfand Unbehagen und Furcht beim Bewußtsein seiner Situation.

Hinter dem Ladentisch befand sich eine zweite Tür, auf die

er schließlich zuging und sie öffnete. Ein kleines Fenster gab den Blick auf einen dunklen Hof frei. Er zog die Vorhänge zu und drehte das Licht an.

Der Raum war mit Waren aller Art vom Fußboden bis an die Decke vollgestopft. Die meisten Gegenstände sahen getragen und gebraucht aus, aber er fand noch ein ganz brauchbares Tweedjackett sowie passende Hosen dazu und suchte sich auch ein Paar Schuhe von einem Haufen in der Ecke zusammen. Die anderen Dinge, die er dann noch benötigte, fand er in einem Regal.

In einer Ecke war ein Waschbecken angebracht, mit einem Spiegel darüber. Dort machte er sich schnell etwas zurecht. Das Gesicht eines Fremden sah ihm entgegen; die Haut spannte sich über den Wangenknochen, und das Haar klebte an seinem Kopf.

Es gab nur kaltes Wasser, aber er zog sich trotzdem aus und wusch sich den Gefängnisschmutz ab. Danach frottierte er sich kräftig. Das Jackett und das neue weiße Oberhemd paßten wie erwartet, und als er fertig angezogen war, schob er seine alten Sträflingskleider unter den Haufen der getragenen Kleidungsstücke in der Ecke und trat zurück in den Laden. Er sah sich um.

Evans hatte recht gehabt; es lag Bargeld in der Kasse: Drei Pfund in Zehnshillingnoten und zwei Pfund in Silber. Er schob das Geld in seine Jackettasche, griff sich noch einen billigen Trenchcoat von einem Haken und entdeckte auch noch einen alten Hut auf dem Ladentisch. Er war zwar eine Nummer zu groß, aber schräg über ein Ohr gezogen, sah er noch ganz respektabel aus.

Nachdem er soweit fertig war, ging Brady auf die Außentür zu und öffnete sie. Kein Geräusch war zu hören. Vorsichtig zog er die Tür hinter sich zu und ging auf dem mit Ziegelsteinen gepflasterten Bürgersteig die Straße entlang. Hinter ihm verklang der Gesang, der aus der Friedhofskapelle drang.

Der Regen prasselte herunter. Brady schlug den Kragen hoch und blieb an einem Zigarettenautomaten stehen, um Streichhölzer und Zigaretten zu ziehen. Jetzt, nachdem er frei war, schmeckte die Zigarette ganz anders als hinter Gefängnismauern, mußte er feststellen, und zum erstenmal seit langen Monaten fühlte er sich wieder als lebendiger Mensch. Einer der Vorteile seiner Arbeit auf dem Bau innerhalb des Gefängnisses war die Tatsache gewesen, daß er dadurch Gelegenheit gehabt hatte, sich den Plan der Stadt gut einzuprägen. So schlug er die gerade Richtung zum Fluß hinunter ein und fand den »Club 21« ohne große Schwierigkeiten, nachdem er einen jungen Mann, der an einer Straßenecke auf sein Mädchen wartete, nach dem Weg gefragt hatte.

Der Club lag in einer holprigen Straße, die zu einem Dock hinunterführte, und befand sich in einem umgebauten Haus an einer Straßenecke. Über dem Eingang hing eine billige Neon-Leuchtreklame, und ein Schild an der Tür besagte, daß nur Mitglieder Zutritt hatten. Brady stieß die Tür auf und trat ein.

Der Korridor war lang und dunkel. Die Wände sahen schmutzig-braun aus, und ein schwacher, aber unangenehmer Geruch hing in der Luft. Ein alter weißhaariger Mann in einer verblichenen blauen Uniform, die mit blindgewordenen Borten besetzt war, saß in einem Glasverschlag unter der Treppe und las eine Zeitung.

Er schaute auf, und seine kalten blauen Augen musterten Brady gleichgültig. »Nur für Mitglieder, Sir!« sagte er mit einer klanglosen, dünnen Stimme.

Brady beugte sich in das Fenster des Verschlages hinein und lächelte.

»Ich bin nur heute nacht in der Stadt... Ein Freund erzählte mir, daß hier Ihr ›Club 21‹ der rechte Ort sei, um sich ein bißchen zu amüsieren.«

»Da müssen Sie aber einen Bürgen haben für die Aufnahme in den Club, Sir«, meinte der alte Mann. »Das ist nun einmal Vorschrift.«

Brady zog eine Zehnshillingnote heraus und zerknüllte sie zwischen den Fingern.

»Das ist sehr schade; besonders, weil ich nur noch heute nacht in Manningham bin.«

Der Alte pustete überrascht und legte seine Zeitung nieder. Er schob Brady ein Gästebuch zu und reichte ihm einen Federhalter.

»Wenn es so ist, dann sehe ich weiter keinen Hinderungsgrund, Sir. Allerdings werden Sie wohl auch noch das Pfund Aufnahmegebühr zahlen müssen...«

»Oh, das will ich gern bezahlen«, erklärte Brady. Dann trug er sich unter dem Namen Johnson in das Gästebuch ein und gab dem Alten drei Zehnshillingnoten. »Und wohin muß ich mich jetzt wenden?«

»Immer die Treppe hoch, Sir. Sie brauchen nur der Musik nachzugehen.«

Schnell stieg Brady die Stufen zum ersten Stock empor. Er hatte es geschafft, er war eingelassen worden. Von nun an würde er die Ohren spitzen müssen.

Am einen Ende des oberen Korridors befand sich ein kleiner Garderobenraum, und ein junges, abscheulich bemaltes Mädchen von höchstens sechzehn Jahren polierte gelangweilt ihre Nägel.

Sie nahm Bradys Mantel und Hut in Empfang und überreichte ihm eine Marke.

»Ist Wilma heute abend hier?« fragte er beiläufig.

Das Mädchen nickte. »Sie saß an der Bar und nahm einen Drink, als ich vor fünf Minuten drin war.«

Der Hauptraum des Clubs war entstanden, indem man die Trennwände verschiedener kleiner Zimmer herausgerissen hatte. Er war angefüllt mit Tischen und Sesseln, die nur eine briefmarkengroße Tanzfläche frei ließen. Die Musik, die Brady gehört hatte, drang aus einer großen, chromblitzenden Musikbox in einer Ecke.

Da es noch recht früh am Abend war, befanden sich kaum Gäste im Raum. Zwei Paare tanzten gerade, und ein drittes Pärchen saß an einem entfernteren Tisch und war mit Trinken beschäftigt.

Brady trat auf die Bar zu. Er erblickte sich dabei in einem Spiegel und war überrascht, wie gut ihn sein Anzug kleidete. Der Barkeeper lehnte uninteressiert an der Wand und putzte Gläser. Er sah ausländisch aus, erinnerte an einen Griechen oder Zyprioten und hatte kurzes, krauses Haar und ein gleichmäßiges Gesicht.

Brady bestellte einen doppelten Brandy, um einen guten Eindruck zu machen, und betrachtete nachdenklich die Frau, die an der entgegengesetzten Rundung der Bar saß und in einem Magazin las. »Fragen Sie doch bitte die Dame, ob sie mit mir trinken möchte«, bat er den Barkeeper.

»Möchtest du mit dem Herrn trinken, Wilma?« fragte sie der Keeper.

Sie schaute auf und musterte Brady ruhig und eindringlich. Schließlich lächelte sie und meinte: »Warum nicht? Ich hätte gern einen Gin, Dino.«

Ihr Haar glich einer goldenen Krone und war sehr aufregend. Sie stand auf, ging um die Bar herum und blieb in einiger Entfernung vor ihm stehen, ihre eine Hand auf die Hüfte gestützt.

»Kenne ich Sie?«

Ihre Pose war einstudiert und wohlberechnet, das erkannte er sofort. Sie sah aus, als ob sie unter ihrem hautengen Kleid nicht einen einzigen Faden Unterwäsche trüge, und als ob sie stolz auf diesen Umstand sei. Ihre Figur war schön geformt, der Leib schwach gerundet, und ihre Beine lang und schlank, mit zierlichen Knöcheln.

Sie war eine teuflische, hinreißende Frau; doch ihr Gesicht verdarb den ersten, großartigen Eindruck völlig: Es war sinnlich, grob und vulgär. Ihre Augen blickten kalt und berechnend und zeigten viel Verschlagenheit. Ihr Gesicht war das eines Raubtiers.

Brady grinste. »Nein, wir kennen uns nicht; ich bin zum ersten Mal in Manningham.«

Sie rutschte auf den Hocker neben ihn und enthüllte dabei ihr Bein noch weiter als vorher.

»Das ist ulkig; ich hätte geschworen, daß ich Sie schon irgendwo mal gesehen habe. Sie sind Amerikaner, nicht wahr? Wir haben eine Menge Amerikaner hier. Nur drei Meilen von der Stadt entfernt liegt nämlich ein Luftstützpunkt…«

»Ich komme in Geschäften von London her«, erzählte er. »Morgen früh muß ich wieder zurück. Da wollte ich mich heute abend noch ein bißchen amüsieren.«

»Na, da wollen wir einmal sehen, was sich tun läßt, nicht wahr?«

Sie trank ihr Glas aus und glitt wieder vom Hocker herunter. Dann strich sie das Kleid über ihren aufregenden Hüften glatt und lächelte einladend.

»Wollen wir tanzen?«

Sie zwängten sich zwischen den Tischen hindurch, da gerade jemand eine Münze in die Musikbox geworfen hatte und eine sanfte, träumerische Melodie mit einem röhrenden Saxophon im Hintergrund erklang.

Wilma schmiegte sich in Bradys Arm, preßte ihren geschmeidigen Körper eng an Brady und legte ihm ihren anderen Arm um den Nacken. Während sie sich langsam um die winzige Tanzfläche drehten, packte Brady sie fester und zog sie an sich.

»He, Vorsicht! Ich bin zerbrechlich!« meinte sie lächelnd.

Brady erwiderte ihr Lächeln. »Und glauben Sie etwa, ich bin aus Stein?«

»Das müssen Sie beweisen...«

Er hatte so lange Zeit ohne Frauen leben müssen, daß es ihm nicht schwerfiel, seine Rolle zu spielen. Mit seiner Hand streichelte er ihren Rücken und flüsterte dabei leidenschaftlich: »Um Himmels willen, Wilma, gibt es denn hier keinen ruhigen Platz, wohin wir verschwinden können?«

»Doch, den gibt es«, erwiderte sie ruhig. »Aber das wird Sie eine Kleinigkeit kosten!«

»Na, dann vorwärts«, entgegnete er.

Sie ging voran, auf den Korridor hinaus und dann den Gang entlang. Eine zweite Treppe führte in die Dunkelheit des nächsten Stockwerks empor. Brady folgte ihr; sie öffnete oben eine Tür und trat in einen hübsch eingerichteten Raum.

Die Wände waren in einem matten Blau gehalten und kontrastierten wirkungsvoll mit dem roten Teppich. Das Mobiliar bestand aus einem großen Diwan, der an der Wand stand, und einem kleinen Tisch daneben, auf welchem sich ein Telefon befand.

Wilma drehte die Zimmerbeleuchtung aus, und schaltete dafür eine indirekte Beleuchtung ein, die einen zarten Dämmerschein im Raum verbreitete. Brady stand dicht neben der Tür; Wilma schloß diese, drehte den Schlüssel im Schloß um und legte ihm die Arme um den Hals.

Was auch immer man von ihr sagen mochte, sie verstand doch zweifellos ihr Handwerk. Während sie ihn küßte, waren ihre Lippen schmachtend geöffnet, und ihm kroch ein Schauer das Rückgrat empor. Er preßte sie an sich und erwiderte leidenschaftlich ihren Kuß.

Nach einer Weile befreite sie sich atemlos aus seinen Armen und lachte.

»Legen wir mal eine Rauchpause ein«, meinte sie. »Wir haben es ja nicht so eilig.«

Er reichte ihr eine Zigarette, und sie räkelte sich auf die Couch.

»Je länger ich dich anschaue, desto mehr bin ich davon überzeugt, daß ich dein Gesicht schon einmal irgendwo gesehen habe«, meinte sie nachdenklich.

Brady steckte sich eine Zigarette an und blies ein Rauchwölkchen vor sich hin.

»Das überrascht mich nicht«, erwiderte er ruhig. »In den Zeitungen war lange genug von mir die Rede. Ich bin nämlich Matthew Brady.«

Einen Augenblick lang herrschte tödliches Schweigen. Ihre Augen weiteten sich vor Bestürzung.

»Brady!« flüsterte sie. »Aber das ist doch nicht möglich!«

»Es tut mir leid, mein Engel, daß ich dich enttäuschen mußte«, sagte er kalt. »Aber ich bin es wirklich. Es ist noch keine Stunde her, daß ich aus dem Knast hier in Manningham ausgebrochen bin.«

Sie richtete sich auf, setzte die Füße auf den Fußboden und drückte ihre Zigarette im Aschenbecher aus.

»Was willst du, Brady?« fragte sie ruhig, und es schien, als ob sie wieder völlig Herr ihrer Nerven sei.

»Ich habe nicht viel Zeit, um mich mit dir zu unterhalten, deshalb will ich mich kurz fassen«, erklärte Brady. »Jango hat gestern versucht, mich um die Ecke zu bringen. Mit ein bißchen Überredung brachte ich ihn dazu, daß er mir flüsterte, du hättest ihn dazu angestiftet. Und jetzt möchte ich gern wissen, weshalb du das getan hast.«

»Scher dich zum Kuckuck«, zischte sie. »Verschwinde hier, oder ich ruf' die Polizei an!«

Sie wollte aufstehen, aber Brady drückte sie aufs Bett hinunter und legte eine Hand an ihre Kehle.

»Hör mir einmal zu, du billiges Flittchen«, knurrte er drohend, »wenn du mir jetzt oder irgendwann später die Polizei auf den Hals hetzt, dann wird dieser Jango das büßen müssen! Ich habe nämlich Freunde da drinnen – sehr gute Freunde. Ich brauch' nur ein Wort zu sagen, und sie machen Hackfleisch aus ihm!«

Sie starrte zu ihm empor, aber jetzt stand Furcht in ihren Augen, echte Furcht, und er wußte, daß er sie an der richtigen Stelle gepackt hatte. Dieser Jango bedeutete ihr etwas.

Er nahm die Hand von ihrer Kehle wieder fort; sie richtete sich auf und rieb sich mit der Hand den Hals.

»Was willst du denn wissen?« fragte sie böse.

»So gefällst du mir schon besser«, meinte Brady. »Ich sehe, du wirst vernünftig. Wer hat dir aufgetragen, diesen Jango auf mich zu hetzen?«

Sie nahm sich eine Zigarette aus einem Kästchen neben dem Telefon und entzündete sie an einem Feuerzeug.

»Das war ein gewisser Das«, antwortete sie schließlich. »Er ist ein Inder und leitet so einen komischen religiösen Verein – nennt sich ›Tempel der Ruhe‹ – etwa eine Meile von hier, in der Nähe vom ›Hippodrom‹-Theater.«

Brady runzelte die Stirn. »Das verstehe ich nicht. Ich habe noch niemals vorher etwas von ihm gehört.«

Sie zuckte die Achseln. »Ich sage dir die Wahrheit. Er hat hier seine Finger in jeder krummen Sache, von Rauschgift angefangen bis zu Callgirls... Am Mittwoch kam er hierher und hat mich aufgesucht. Er erzählte etwas von einem Kunden, der den Wunsch hätte, daß dir ein tödlicher Unfall zustößt... Dafür versprach er mir fünfhundert Pfund, wenn Jango das einrichten könnte.«

»Und außerdem eine Extraprämie von zweihundertfünfzig, wenn es bis heute klappen würde!« ergänzte Brady.

Sie nickte. »Stimmt genau. Aber wenn du mehr wissen willst, mußt du schon mit Das selbst sprechen!«

»Das habe ich auch vor«, antwortete Brady. Er ging zur Tür, schloß sie auf, drehte sich aber noch einmal um, bevor er hinausging.

»Denk daran, was ich dir gesagt habe, Wilma. Wenn ich durch dich hochgehe, muß Jango teuer dafür bezahlen...!«

Sie spuckte ein schmutziges, nicht näher zu bezeichnendes Schimpfwort hinter ihm her, doch er schloß nur ruhig die Tür und ging den Gang entlang zurück.

Das Mädchen in der Garderobe langweilte sich noch immer. Ohne eine Spur von Anteilnahme reichte sie ihm Mantel und Hut heraus; er zog sich an, stieg die Treppe hinunter und trat hinaus in den Regen.

5

Während er den Club hinter sich ließ, trug ihm der Wind, der über das Wasser her wehte, den dunstigen, feuchten Geruch faulender Blätter entgegen. Dieser Hauch von Moder erfüllte ihn mit einer unbestimmten und unerklärbaren Erregung.

Der Regen fiel in gleichmäßigen silbernen Fäden, die im Licht der Straßenlaternen glitzerten, als er durch die leeren Straßen zur City schritt. Gelegentlich fuhr ein Wagen vorbei, und ab und zu begegnete ihm ein vereinzelter Passant, der mit gesenktem Kopf durch den strömenden Regen eilte.

In einem Torweg an der Ecke der Hauptstraße traf Brady einen alten Mann in geflicktem Mantel und Tuchmütze: einen Zeitungsverkäufer, der unentwegt versuchte, sein letztes halbes Dutzend Sonntagszeitungen an den Mann zu bringen. Brady kaufte ihm eine ab, fragte nach dem Weg, und der Alte trat hinaus in den Regen, um ihm die Richtung zu zeigen.

Als erstes stieß Brady auf das »Hippodrom«-Theater. Es war ein schmales Gebäude mit einer Marmorfront und einer baumbestandenen Allee, die an der Seite entlang zum Bühneneingang führte. In den gläsernen Schaukästen hingen noch die Bilder von der Musik-Show, die diese Woche gastiert hatte. Brady blieb stehen und betrachtete die Bilder, suchte auf ihnen nach Anne Dunning.

Tatsächlich fand er auch verschiedene Aufnahmen von ihr. Auf den meisten erschien sie in irgendeiner Tanzpose mit zwei oder drei jungen Tänzern; aber auf einem großen Porträt hatte der Fotograf sie wirklich ausgezeichnet getroffen und ihr ganzes Wesen eingefangen. Eine Weile blieb Brady vor diesem Bild stehen und betrachtete es. Er dachte intensiv an sie und an ihre Freundlichkeit; dann seufzte er und wandte sich ab.

Der »Tempel der Ruhe« lag in der nächsten Seitenstraße. Eine Menge Wagen standen dort geparkt, und als Brady den Bürgersteig entlangging, fegte gerade ein großer schwarzer Mercedes um die Kurve und bespritzte ihn über und über mit Wasser, das sich im Rinnstein angesammelt hatte. Brady drehte sich böse um. »Können Sie denn nicht aufpassen, wohin Sie fahren, zum Teufel?«

In der Dunkelheit konnte er schwach einen steifen Homburger, glänzende Brillengläser und eine Reihe weißer Zähne erkennen.

»Verzeihung, es tut mir sehr leid«, entschuldigte sich der Fahrer, und trotz der wenigen Worte fiel Brady ein leichtes Lispeln auf; dann fuhr der Mercedes weiter in die Straße hinein.

Brady trat auf das Tor des »Tempels« zu und schaute nachdenklich zu dem imposanten Gebäude empor. Es sah aus, als ob es zu seiner Zeit eine Freikirchler-Kapelle gewesen sei: ein düsteres, rauchgeschwärztes viktorianisches Bauwerk mit falschen dorischen Säulen und einer Säulenhalle vor dem Eingang. Wahrscheinlich war die ursprüngliche Sekte dahingeschwunden, als die Bevölkerung sich vom Stadtzentrum mehr auf die Außenbezirke verteilte, und Das hatte das Haus sicher billig erworben.

Brady stieg die breiten Stufen empor, die zur Säulenhalle führten, öffnete eine Tür und wurde sofort von überwältigendem Weihrauch empfangen.

Der Fußboden der Halle war mit einem kostbaren indischen Teppich bedeckt; elektrische Kerzen spendeten mäßiges Licht. Von irgendwoher aus den schummrigen Hinterräumen des Gebäudes drangen undeutliche Stimmen. Brady folgte diesem Klang und kam schließlich zu einer Doppeltür.

Er blieb zunächst eine Weile lauschend stehen und bemerkte dann seitlich eine weitere Tür. Kurz entschlossen öffnete er diese und stieg eine schmale Steintreppe empor, die zu einer Galerie führte, von welcher man in eine Halle hinabsehen konnte.

Der Altar und das Gestühl des ehemaligen Kirchenraumes waren entfernt worden; statt dessen hatte man eine goldene Buddhastatue aufgestellt. Stühle oder Sessel waren nicht mehr vorhanden; die Gemeindemitglieder saßen mit gekreuzten Beinen auf dem Fußboden. Sie waren meist von mittlerem Alter und sahen beeindruckt aus; der größte Teil von ihnen waren Frauen.

Dieser Raum war ebenfalls von elektrischen Kerzen erleuchtet. Dicke Weihrauchschwaden hingen in der Luft; vor der Buddhastatue brannte in einem Kessel ein kleines Feuer, und ein Mann, der mit der Stirn den Erdboden berührte, kniete davor.

Brady folgerte, daß dies wohl Mr. Das sein müsse. Er trug eine gelbe Robe, welche die linke Schulter nackt ließ; sein Kopf war rasiert, und er sah zweifellos sehr eindrucksvoll aus.

Nach einer Weile erhob sich der Mann und drehte sich um. Er hatte ein feines Gesicht und ruhige, kluge Augen. Freundlich lächelnd sagte er mit seiner wohlklingenden Stimme: »Und nun, meine Brüder, gebe ich euch einen Text, über den ihr bis zu unserem nächsten Treffen meditieren möget: Gutes zu tun ist nicht genug. Man muß auch gut sein!«

Seine Worte klangen sehr überzeugend, aber der gute Eindruck, den Brady von ihm hatte, wurde im nächsten Atemzug zerstört.

»Wenn ihr hinausgeht, wird wieder die übliche Geldsammlung stattfinden. Gebe jeder, was er kann, damit wir alle Nutzen davon haben.«

Er hob seine Arme zum Segen, drehte sich um und verschwand hinter einem Schirm.

Die Zuhörerschaft erhob sich ebenfalls, was bei einigen nicht ohne Anstrengung vonstatten ging. Brady blieb auf der Galerie, bis die letzten Anhänger hinausgegangen waren.

Endlich stieg er die Treppe wieder hinab, und als er gerade auf den Gang hinaustrat, begegnete er einer Frau, die auf der gegenüberliegenden Seite in ein kleines Büro gehen wollte. Sie trug eine ähnliche gelbe Robe wie Das und hielt in der Hand einen großen Klingelbeutel, der prall mit Geld gefüllt war.

»Darf ich Ihnen tragen helfen?« fragte Brady ironisch. Die Frau mochte etwa vierzig Jahre alt sein, hatte ein hageres, ausgetrocknetes Gesicht und wirkte altjüngferlich. Um ihren Mundwinkel zeigte sich ein leichtes, nervöses Zucken.

»Ich hätte gern Mr. Das gesprochen, wenn das möglich ist«, fuhr Brady fort.

»Der Swami ist jedesmal nach der Andacht sehr abgespannt«, erklärte sie. »Er empfängt am Sonntag keine Patienten!«

»Es ist aber sehr dringend«, versicherte Brady. Sie zögerte noch immer, da holte er hastig zwei Zehnshillingnoten hervor und steckte sie in den Klingelbeutel.

»Die Andacht war für mich eine Inspiration.«

»Ja, nicht wahr?« fragte sie simpel. »Ich werde sehen, ob der Swami etwas Zeit für Sie erübrigen kann. Warten Sie bitte hier.«

Sie schloß die Bürotür halb hinter sich, aber Brady konnte hören, wie sie das Telefon aufnahm. Dann folgte eine gemurmelte Unterhaltung, und schließlich kam sie zurück.

»Der Swami ist sehr müde, wie ich Ihnen gesagt habe, aber er will doch fünf Minuten für Sie erübrigen. Kommen Sie bitte hier entlang.«

Ein langer überdachter Gang verband den Tempel mit dem Haus, in dem früher der Sektenpfarrer gewohnt hatte.

Als die Frau am jenseitigen Ende die Haustür öffnete, wurde Brady sofort wieder vom Weihrauchduft umnebelt. Sie durchquerten eine Eingangshalle, deren Wände mit kostbaren Teppichen behangen waren; dann klopfte die Frau leise an eine Tür und trat ein.

Brady folgte ihr, nahm den Hut ab und blieb innen neben der Tür stehen. Auch die Wände dieses Raumes waren von handgewebten chinesischen Drachenteppichen verhüllt; auf dem Fußboden lag ein wundervoller schwarzer Teppich. Diese Pracht war kaum noch zu überbieten.

An der einen Seite des Zimmers befand sich ein Alkoven, in dem auf einem Altar eine kleine Buddhafigur stand. In einem Kessel davor brannte Weihrauch, und mit gebeugtem Haupt kniete Das dort auf dem Fußboden.

»Warten Sie hier, bis er Zeit für Sie hat«, flüsterte die Frau und huschte hinaus. Behutsam schloß sie die Tür hinter sich.

In der Mitte des Zimmers stand ein schöner, handgeschnitzter Tisch mit einer polierten Ebenholzplatte. An den Wänden entlang war auf speziell angefertigten Regalen eine Sammlung wundervollen chinesischen Porzellans aufgebaut.

Brady trat ein paar Schritte vor und betrachtete interessiert eine köstliche Porzellanvase. Hinter ihm war eine kleine Bewegung zu hören, und Mr. Das sagte: »Wie ich sehe, bewundern Sie meine kleine Sammlung... Sind Sie vielleicht zufällig ein Künstler?«

Brady schüttelte den Kopf. »Leider völlig daneben geraten. Ich bin Ingenieur; aber ich bewundere alles, was schön und vollendet konstruiert ist.«

»Auch eine Brücke kann ein Kunstwerk sein«, stimmte Das zu. »Aber wenn es Sie interessiert: Die Vase, die Sie betrachteten, stammt aus der Ming-Dynastie und ist über tausend Pfund wert. Sie ist der Schatz meiner Sammlung!«

Liebevoll strich er mit zarter Hand über die Vase; dann trat er zum Tisch und setzte sich. Er wies dabei auf einen Sessel ihm gegenüber.

»Mahroon berichtete mir, daß Sie etwas auf dem Herzen haben, mein Freund. Sie suchen einen Rat?«

»So könnte man es nennen«, bekannte Brady, holte eine Zigarette hervor und steckte sie an. Dann setzte er sich in den Sessel und legte seinen Hut auf den Fußboden.

»Mein Name ist Matthew Brady. Sagt Ihnen das etwas?«

Das sah etwas überrascht aus.

»Warum sollte es?«

»Oh, ich dachte nur«, erwiderte Brady. »Ich kam darauf, weil Sie doch einen anständigen Preis dafür ausgesetzt haben, daß ich noch diese Woche sterbe!«

In den ausdrucksvollen Augen des Hindu zeigte sich tiefe Bekümmernis.

»Ich fürchte, ich habe nicht die geringste Ahnung, wovon Sie sprechen, Mr. Brady. Wir hier in unserer Gemeinschaft sind nur damit beschäftigt, uns selbst beherrschen zu lernen.

Wir wünschen die Wahrheit zu entdecken, die jedermann nur in seiner eigenen Seele finden kann. Die Vernichtung eines menschlichen Wesens wäre für uns eine Todsünde...«

»Diese Art Predigt können Sie sich für Ihre zahlende Kundschaft aufheben«, entgegnete Brady.

Das seufzte wieder und drückte einen Knopf auf seinem Tisch.

»Ich fürchte, ich muß Mahroon bitten, Sie hinauszuführen.«

»Ich hätte eigentlich gedacht, daß Sie eine nettere Tempeljungfrau besäßen«, höhnte Brady. »Sie sieht gar nicht so aus wie eine.«

»Sie wissen doch hoffentlich, daß Sie sehr beleidigend sind, Mr. Brady«, antwortete Das scharf. »Ich schätze, ich muß mit Ihnen anders verfahren – ein bißchen unangenehmer!«

Hinter Brady entstand eine leichte Bewegung; ein muskulöser Unterarm legte sich ihm um den Hals, zwang sein Kinn zurück und zog ihn auf die Füße hoch.

Er wurde wie in einem Schraubstock festgehalten und war nicht fähig, sich umzudrehen und seinen Angreifer zu erkennen. Mr. Das lehnte sich in seinem Sessel zurück und lächelte. »Ich denke, unser Fluß ist das beste für Sie, Mr. Brady! Ja, das ist wirklich eine gute Lösung. Sie rutschen aus, über eine Kaimauer, und die Flut trägt Sie davon. Auf diese Art leiste ich der Gesellschaft einen großen Dienst!«

»Aber Sie werden nicht so einfach davonkommen«, stieß Brady verzweifelt hervor.

»Oh, bestimmt werde ich das«, versicherte ihm Das. »Es ist nur schade, daß ich mir nicht mehr anhören kann, wie Sie aus dem Zuchthaus ausbrechen konnten. Aber leider sind wir etwas knapp mit unserer Zeit.«

Der Sessel wurde aus dem Weg gestoßen und Brady rückwärts zur Tür gezogen. Er versuchte zu kämpfen, war aber in diesem Schraubstockgriff völlig hilflos. Als letztes Mittel hob er seinen rechten Fuß, trat ihn gegen das Schienbein des Mannes und rammte ihn dann mit aller Kraft auf dessen Spann nieder.

Sein Angreifer stieß einen Schmerzensschrei aus und gab ihn für eine Sekunde frei. Brady fuhr schnell herum und schaute in das Gesicht eines asiatischen Riesen. Winzige Schweinsäuglein funkelten wütend in einem platten braunen Gesicht; eine Faust holte aus, traf Brady an der Schulter und stieß ihn taumelnd durch das Zimmer.

»Mach ihn fertig, Shaun! Mach ihn fertig!« schrie Das, und Shaun wälzte sich auf Brady zu, wobei seine mächtigen, kurznägeligen Hände fast bis an seine Knie schwangen. Brady griff nach einem kleinen lackierten Tischchen, das in seiner Nähe stand, und warf es gegen Shauns Beine, der Koloß stolperte darüber und fiel auf den Fußboden.

Brady machte sich keine Illusionen über seine Chancen, die er in einem fairen Kampf mit dem Riesen hätte. So stürzte er rasch vor und wollte einen Stoß gegen Shauns Kopf landen, aber dessen Reflexe waren unerwartet schnell. Er griff nach Bradys Fuß, verdrehte ihn und brachte Brady damit zu Fall.

Sie rollten in einem innig verflochtenen Knäuel von einer Seite auf die andere. Brady versuchte freizukommen, aber es gelang ihm nicht. Als Shaun die Oberhand gewann, legte er seine riesigen Pranken um Bradys Kehle, und dieser begann an Atemnot zu leiden.

Während ihm schien, als ob das Zimmer immer dunkler würde, erinnerte sich Brady in seinem verzweifelten Kampf plötzlich an einen alten Jiu-Jitsu-Trick und spuckte Shaun ins

Gesicht. In einer Reflexbewegung riß der Riese seinen Kopf zurück, und Brady stieß ihm seine steifen Finger in die Kehle.

Shauns Mund öffnete sich zu einem lautlosen Schrei; dann fiel er rückwärts auf den Fußboden, und seine Hände zerrten in ohnmächtigen Bewegungen an seinem Kragen.

Als Brady auf seine Füße hochkam und sich die Kehle befühlte, rannte Das um den Tisch herum und wollte zur Tür entwischen. Brady konnte ihn jedoch an seiner gelben Robe packen, drehte den Hindu in einem Kreis herum und stieß ihn in seinen Sessel zurück.

Das starrte zu ihm auf. »Sie werden nicht davonkommen, Brady!«

Sein feines Gesicht war wutverzerrt, und Brady mußte trotz seiner Lage grinsen.

»Ich habe mich doch gleich gefragt, was eigentlich unter Ihrer Schwindlermaske wirklich steckt. Nun weiß ich es.«

»Ich werde Sie wieder dorthin zurückbringen, wohin Sie gehören, und wenn das meine letzte Tat sein sollte«, murmelte Das giftig.

»Nein, das werden Sie nicht«, entgegnete Brady. »Wenn ich noch mal den Polizisten in die Hände gerate, dann werde ich Sie mit mir ziehen. Ich werde erzählen, daß Sie mir bei meiner Flucht behilflich waren und daß Sie dann böse wurden, weil ich Ihnen nicht so viel zahlen konnte, wie ich Ihnen versprochen hatte.«

»Das wird Ihnen niemand abnehmen«, meinte Das verächtlich.

»Oh, an Ihrer Stelle würde ich nicht so zuversichtlich sein. Wahrscheinlich hat die Polizei über Sie unterdessen schon eine Akte angesammelt, die einen Viertelmeter dick ist. Ich wette, man wartet nur darauf, daß Sie einen einzigen falschen Schritt tun.«

»Machen Sie, daß Sie rauskommen!« schrie Das. Er schien wirklich zu meinen, was er sagte.

»Nicht eher, als bis Sie mir erzählt haben, was ich von Ihnen wissen will«, erwiderte Brady kalt.

»Sie haben Wilma Sutton aufgefordert, sie möchte es arrangieren, daß ich einem tödlichen Unfall zum Opfer falle, und zwar möglichst bis heute. Jetzt möchte ich gern wissen, warum Sie das wollten!«

»Scheren Sie sich zu Hölle!« stammelte Das wütend.

Brady zuckte die Achseln und stand auf. Er ging durch das Zimmer hinüber zu den Regalen, auf denen die Porzellansammlung des Hindu aufgebaut war, ergriff einen schönen Alabasterkrug und schleuderte ihn an die Wand.

Der Krug zersplitterte in tausend Scherben, und Das sprang mit einem Angstschrei auf.

»Ich will Ihnen nur deutlich machen, daß ich von einem Geschäft rede«, erklärte Brady. »Aber mein nächster Coup wird noch besser!«

Er ergriff die Ming-Vase und hob sie langsam über seinen Kopf.

Das schrie entsetzt auf. »Um Himmels willen, nein, Brady! Ich flehe Sie an!«

»Dann packen Sie schon aus«, forderte Brady. »Ich habe nicht viel Zeit.«

»Letzte Woche kam ein Mann hierher zu mir«, begann Das hastig zu erzählen. »Er kam von London – war ein Ungar, namens Anton Haras. Er erzählte mir, es sei nötig, daß Sie sterben, und daß er viel Geld zahlen würde, wenn ich das arrangieren könnte.«

»Und wer hat ihn an Sie verwiesen?« fragte Brady.

Das schien zu zögern, und Brady hob wieder die Vase empor.

»Nein, bitte nicht, ich will alles erzählen«, flehte der Hindu. »Er kam über einen Kontaktmann in London. Mit dem mache ich von Zeit zu Zeit Geschäfte.«

»Wie ist der Name?«

»Soames – Professor Soames. Er ist ein Naturheilkundiger und hat ein Haus in der Dell Street in der Nähe von Regent's Park. Ich habe ihn niemals gesehen. Er ist nur ein Kontaktmann, den ich benutze, wenn ich gewisse Waren brauche.«

Wieder hob Brady in einer schnellen Bewegung die Vase empor. Das stürzte mit ausgestreckten Armen um den Tisch herum. »Ich sage die Wahrheit, ich schwöre es Ihnen!« kreischte er.

Brady schaute einige Augenblicke lang abschätzend in das verzerrte, schwitzende Gesicht des Hindu, dann reichte er ihm die Vase. »Lassen Sie das Schwören lieber sein!« meinte er dabei.

Mit einem hörbaren Seufzer der Erleichterung drückte Das die Vase an seine Brust. Brady ging zur Tür – an Shaun vorbei, der jetzt aufgerichtet dasaß und mit purpurrotem Gesicht leise wie ein verwundetes Tier vor sich hin stöhnte.

Als er schon hinaustreten wollte, rief Das ihm noch nach: »Jemand wünscht Sie tot zu sehen, Brady! Ich weiß auch nicht warum, und ich weiß nicht einmal, wer es ist. Aber ich hoffe, daß er und seine Leute schneller sind als die Polizei und Sie erwischen!«

Brady machte sich nicht mehr die Mühe einer Erwiderung. Er schlug die Tür zu und ging den überdachten Weg zum

Tempel zurück. Die Frau stand in der Eingangshalle mit gesenktem Haupt und in Andacht versunken vor einer kleinen Statue.

Als er näher kam, drehte sie sich um und lächelte.

»Konnte Ihnen der Swami helfen?«

»Ja, das kann man wohl sagen«, antwortete Brady.

»Wir, denen der Weg gezeigt wurde, haben ihm so viel zu verdanken.«

»Ganz ohne Zweifel ist er ein ungewöhnlicher Mann«, versicherte Brady ihr feierlich und trat dann in die Nacht hinaus.

Leise schloß sich die Tür hinter ihm. Auf der obersten Stufe blieb Brady eine Weile nachdenklich stehen. Offensichtlich war London seine nächste Station, aber wie sollte er nur dorthin gelangen? Die Hälfte der fünf Pfund, die er der Ladenkasse entnommen hatte, war bereits verbraucht, und die Fahrkarte für den Zug würde ihn mehr kosten, als er noch besaß, dessen war er sicher.

Wenn er versuchen würde, ein Auto anzuhalten, könnte das sehr gefährlich werden. Aber irgendwo an der Hauptstraße außerhalb der Stadt mußte ein Fernfahrer-Gasthaus sein – ein Rasthaus, wo die großen Lastwagen anhielten und die Fahrer ein kleines Mahl zu sich nahmen und sich etwas ausruhten. Wenn es ihm nur gelänge, ungesehen hinten auf einen Lastwagen zu klettern, konnte er zum Frühstück bereits in London sein, und niemand würde etwas davon wissen.

Die Straße war völlig leer; lediglich etwas weiter vorn parkte ein Wagen mit aufgeblendeten Scheinwerfern. Als Brady aus dem Gartentor trat, setzte sich der Wagen in Bewegung und fuhr auf ihn zu.

Es war jener schwarze Mercedes, der ihn vorhin mit Schmutzwasser bespritzt hatte. Brady ging ruhig und im gleichmäßigen Schritt die Straße entlang in Richtung Hauptstraße. Hinter ihm heulte plötzlich der Motor auf, und der Mercedes raste auf den Bürgersteig, mit der offensichtlichen Absicht, ihn an der Wand wie eine Fliege zu zerquetschen.

Brady sprang zur Seite, klammerte sich an der Spitze des Geländers fest und zog die Beine an. Irgend etwas schien ihn am Mantel zu zupfen; dann war der Mercedes wieder auf der Straße und kam mit kreischenden Bremsen zum Stehen. Als er wenden wollte, ließ sich Brady wieder auf den Bürgersteig fallen, drehte sich um und rannte los.

Hinter ihm quietschten wieder Reifen auf; ein starker Lichtfinger griff nach ihm und warf einen riesigen Schatten gegen die Ziegelwand vor ihm. Offensichtlich gab es für ihn keinen Ausweg. Verzweifelt drehte er wieder um und bemerkte in letzter Minute eine kleine Öffnung zur Linken. Er hatte sie kaum erreicht, als der Wagen wieder zum Stehen kam.

Brady befand sich im Eingang zu einem schmalen, steingepflasterten Fußweg, der zwischen hohen Mauern entlanglief und auf der Hälfte durch eine altmodische, an eine Mauer geschmiedete Gaslaterne erleuchtet war.

Die Wagentür wurde zugeschlagen; Brady trat zurück in den Schatten und wartete. Ein Mann kam heran und blieb nur wenige Meter von ihm entfernt stehen. Das Licht der Laterne drang bis zum Eingang des Fußweges und glitzerte auf der Brille unter dem Homburg.

Der Kragen seines schweren Mantels war hochgeschlagen und verdeckte sein Gesicht, aber seine Zähne waren durch ein freundliches Lächeln entblößt, und mit seiner leicht lispelnden Sprechweise rief der Fremde: »Lassen Sie uns mal vernünftig miteinander reden, Brady.«

»Ganz meiner Meinung«, entgegnete Brady. »Wer zum Kuckuck sind Sie eigentlich? Etwa Anton Haras?«

Der Mann lachte kalt auf und hob seine rechte Hand empor. Brady duckte sich blitzschnell, während eine Stichflamme in der Dunkelheit aufzuckte. Ein schwacher Knall ertönte, und eine Kugel spritzte in die Mauer hinter ihm.

Brady hatte einmal in einem Café in Havanna kurz vor dem Castro-Regime erlebt, wie ein Mann an einem Nebentisch ermordet wurde. Der Mörder hatte eine Pistole mit Schalldämpfer benutzt, und der Knall des Schusses hatte ebenso gedämpft geklungen wie jetzt. Brady drehte sich um und rannte, den Blick fest auf die Gaslaterne gerichtet, davon.

Hinter ihm erklangen hastige Schritte auf dem Pflaster, deren Echo von den Wänden widerhallte; dann ertönte wieder das gedämpfte Husten der Pistole, und eine Kugel zwitscherte an Bradys Ohr vorbei.

Brady stolperte und fiel auf die Knie; dabei berührten seine Finger einen großen Stein. Er richtete sich wieder auf, schleuderte den Stein gegen die Gaslampe, und als diese klirrend zerbrach, lag der Fußweg mit einem Schlag im Dunkeln. Dann rannte Brady weiter.

Er stieß wieder auf die kleine Allee neben dem »Hippodrom«-Theater, die sich als eine Sackgasse herausstellte. Wenige Meter zur Linken befand sich der Bühneneingang, über dem eine kleine Lampe brannte.

Als Brady auf die Tür zurannte, öffnete sie sich, und eine Frau trat heraus. Sie trug eine kleine Handtasche und wollte sich gerade umdrehen, um die Tür zu schließen. Auf den schlüpfrigen Steinen kam Brady ins Rutschen und taumelte gegen eine übervolle Mülltonne, deren Inhalt klappernd auf die Erde fiel.

Die Frau drehte sich erschreckt um, und Brady starrte in das weiße, angstverzerrte Gesicht von Anne Dunning.

»Haben Sie keine Angst!« stieß er keuchend hervor.

Der Schrei erstarb in ihrer Kehle, und sie blickte ihn nur mit weitaufgerissenen Augen an.

»Das begreife ich nicht... Mr. Brady! Hat man Sie denn entlassen?«

Ein kleiner, gedämpfter Knall unterbrach ihre Unterhaltung, und die Lampe über der Tür zersplitterte. Brady konnte gerade noch erkennen, daß Haras in der Einmündung des Fußweges stand.

Brady stieß die Tür des Bühneneingangs wieder auf und drängte Anne Dunning hinein.

»Wir haben jetzt keine Zeit für lange Erklärungen!« rief er dabei. »Da draußen der Kerl mit seiner Pistole tut, was er kann, um mich umzulegen...!«

Sie liefen einen Korridor entlang, doch hinter ihnen wurde die Tür aufgerissen, und Haras stürzte herein.

Brady blieb kurz stehen und packte das Mädchen am Arm.

»Wo geht es hier hin?« fragte er.

»Zu den Garderoben!«

Er zog sie eine Treppe zur Linken empor, und sie kamen zu den Seitenräumen neben der Bühne. Wieder folgte ihnen Haras, der für einen Mann seines Gewichtes erstaunlich schnell war. Eine einzige Lampe erhellte die Bühne, und Brady flüchtete mit dem Mädchen in die kurze Sicherheit der Schattten auf der anderen Seite. Dort wollte Brady eine kleine Treppe wieder hinunterrennen, doch das Mädchen hielt ihn zurück.

»Nicht dort hinunter! Die Tür ist verschlossen! Hier entlang!«

Hinter einigen Dekorationsstücken war eine zweite, halb versteckte Tür. Das Mädchen riß sie rasch auf und zog Brady mit sich. Dann schob sie den Riegel vor, und keuchend blieben sie in der Dunkelheit stehen und warteten.

Auch Haras kam in diesen Gebäudeteil gelaufen, blieb aber dann stehen, als er nichts mehr hörte. Nach einer Weile ging er die Stufen hinunter, versuchte die Tür zu öffnen und rüttelte zornig an der Klinke; dann drehte er sich um und ging zurück auf die Bühne.

»Ich würde eine Menge darum geben, wenn ich jetzt eine Pistole in der Hand hätte«, flüsterte Brady leise. Er dachte, daß dann die Sache anders verlaufen würde als jetzt.

Das Mädchen schaltete das Licht ein, und man konnte jetzt sehen, daß der Raum mit alten Kostümen und Dekorationsstücken angefüllt war. Selbst Möbel standen dort herum – die Hinterlassenschaft vieler Theaterjahre.

Das Mädchen ging zu einem Schränkchen, öffnete es und kehrte mit einem Revolver in der Hand zurück.

»Genügt Ihnen der?« fragte sie. »Er ist zwar nur eine Theater-Attrappe, fürchte ich... Wir haben ihn mal in irgendeinem Stück gebraucht. Aber hier ist auch eine Schachtel Platzpatronen.«

Brady untersuchte den Revolver, und eine nervöse Erregung kam über ihn.

»Wenn ich schon nicht mehr tun kann, so möchte ich den Halunken wenigstens erschrecken«, knirschte er.

Das Mädchen öffnete die Schachtel mit den Platzpatronen, und er lud schnell die Waffe; dann ging er zur Tür und schob den Riegel zurück.

Als er das Licht ausdrehte, trat sie neben ihn, und er spürte plötzlich Wärme und den Duft, der ihren Körper umgab.

»Halten Sie sich zurück«, befahl er. »Dies hier ist meine Angelegenheit. Ich möchte nicht, daß Sie verletzt werden.«

Leise öffnete er die Tür und schaute hinaus. Haras stand in der Mitte der Bühne und starrte suchend in den Zuschauerraum.

»Es hat keinen Zweck für Sie, Brady, daß Sie sich verstekken!« rief er. »Sie entkommen mir doch nicht.«

»Haras!« rief Brady leise.

Als sich der Ungar umdrehte, hob Brady den Revolver und drückte ab. Der Erfolg war überraschend. Haras verschwand mit erstaunlicher Geschwindigkeit in den Schatten der anderen Seite.

Brady warf sich zu Boden, und Anne Dunning kniete neben ihm nieder.

»Wo befindet sich der Schalter für die Bühnenbeleuchtung?« fragte er flüsternd.

»Direkt hinter uns. Soll ich sie ausdrehen?«

Er nickte, und einen Augenblick später lag das Theater in völliger Dunkelheit.

»Jetzt komme ich, um mit Ihnen abzurechnen, Haras!« schrie Brady.

Eine Stichflamme antwortete ihm aus der Dunkelheit.

Er feuerte zwei Schüsse als Antwort zurück und kroch dann vorsichtig über die Bühne. Vor ihm rannte Haras die Treppe hinunter und den Korridor entlang. Als Brady hinter ihm her um die Ecke bog, schlug gerade die Tür hinter ihm zu.

Draußen in der Allee war es still, und der noch immer niederströmende Regen wirkte in gewisser Weise friedlich.

Brady stand an der Einmündung des Fußweges und lauschte den sich entfernenden Schritten des flüchtenden Ungarn. Schwach drang aus der Ferne das Geräusch einer Wagentür, die zugeschlagen wurde, und dann sprang ein Motor an.

»Dieser alte Revolver hat doch noch gute Dienste geleistet«, sagte Anne Dunning hinter ihm. Ihre Stimme war atemlos und aufgeregt.

Als er sich umdrehte, um ihr zu antworten, drang aus der Ferne plötzlich ein merkwürdiger, unheimlicher Wehlaut, der in der Nacht widerhallte und dann erstarb.

Brady erschauerte und stand lauschend im fallenden Regen. Ein starkes Gefühl der Depression und Enttäuschung entstand plötzlich in ihm. Das Mädchen schaute überrascht zu ihm auf.

»Was ist das?« fragte sie.

»Das ist die Alarmsirene von Manningham, die bei Ausbrüchen betätigt wird«, erwiderte er. »Das bedeutet, daß sie von nun an hinter mir her sein werden!«

6

Sie gingen zurück in das Theater; das Mädchen drehte das Licht wieder an, setzte sich auf einen Holzstuhl und stützte das Kinn in die Hand, während Brady ihr seine ganze Geschichte erzählte. Als er geendet hatte, seufzte sie auf und schüttelte vor innerer Erregung den Kopf.

»Diese ganze Geschichte klingt wie ein schrecklicher Alptraum. Nur ein Punkt macht eine Ausnahme.«

»Haras?« fragte Brady.

Sie nickte sachlich. »Ja, durch ihn wird alles plötzlich zur nüchternen Realität. Die Frage ist, was werden Sie jetzt anfangen?«

»Ich muß versuchen, nach London zu kommen. Das ist alles, was ich momentan tun kann. Dieser sogenannte Professor Soames ist schließlich meine einzige Spur.«

»Wird das nicht schwierig sein, nachdem jetzt Ihr Ausbruch bekannt ist?«

Er nickte grimmig. »Das kann man wohl sagen. Ich hatte gehofft, daß sie nicht vor dem Frühstück meine Flucht bemerken würden, aber irgend etwas muß schiefgegangen sein. Ich hätte in aller Gemütlichkeit bereits in London sein können, wenn alles gutgegangen wäre, und sie hätten mich dann noch immer in Manningham gesucht!«

»Die Frage ist, wie wollen Sie nach London kommen?«

»Ja, das ist in der Tat die große Quizfrage: doppelt oder nichts!« erwiderte er böse.

Sie dachte angestrengt nach, und nach einer Weile meinte sie: »Wissen Sie eigentlich, daß mein Vater während des Krieges in Deutschland gefangen war?«

Brady nickte. »Er hat einige Male davon gesprochen.«

»Damals ist er dreimal ausgebrochen«, erzählte sie. »Beim letztenmal kam er quer durch Deutschland, Frankreich und die Pyrenäen. Er sagte immer, das Wichtigste, was man stets beachten müsse, sei, die großen Straßen zu meiden und doch auf dem schnellsten Weg dorthin zu gelangen suchen, wohin man will!«

»Eine hübsche Theorie«, erwiderte Brady. »Aber in der Praxis ist das schon etwas schwieriger. Da fährt zum Beispiel der Nachtexpreß nach London, aber den zu besteigen habe ich ebensoviel Chancen wie in Fort Knox einzubrechen, wo das amerikanische Gold liegt!«

»Ich fahre selbst heute nacht noch nach London«, meinte sie unbeeindruckt. »Ich habe eine Schlafwagenkarte gelöst. Die anderen von unserer Show sind schon heute morgen gefahren, aber ich wollte vor meiner Abreise noch einige Bekannte treffen, die zwölf Meilen von der Stadt entfernt wohnen. Ich habe den Tag dort bei ihnen verbracht.«

»Dann ist die Show also abgesetzt?«

»Ja. Ich glaube, wir sind durchgefallen.« Sie machte plötzlich ein nachdenkliches Gesicht. »Warten Sie mal, mir kommt da gerade eine Idee! Ich habe im Schlafwagen eine Einzelkabine gelöst. Ich hasse es nämlich, mit Fremden zusammen zu reisen; deshalb habe ich lieber etwas mehr Geld ausgegeben. Wenn wir Sie irgendwie in den Zug bekämen, könnten Sie in meinem Abteil mit nach London fahren.«

»Das wird kaum möglich sein«, antwortete er. »Der Bahnhof wird von Polizisten wimmeln. Die Züge zu überwachen, ist immer ihr erster Schritt. Ich würde niemals durch die Sperre kommen.«

»Meinem Vater ist es einmal gelungen, durch das Haupttor eines deutschen Gefangenenlagers hinauszuspazieren! Er schaute so vertrauenerweckend aus, daß sie ihn nicht einmal gefragt haben.«

Er sah sie verblüfft an. »Das verstehe ich nicht.«

»Er trug eine deutsche Uniform.«

»Aha. Und was nützt mir das?«

»Aber das ist doch ganz einfach«, erklärte sie ihm. »Wer, glauben Sie, würde wohl über einen Gepäckträger einen einzigen Gedanken verlieren, der einer Dame ihr Gepäck in den Zug trägt? Er bringt es in ihr Abteil und bleibt dann dort. Das ist doch so einfach wie nur möglich!«

»Ja, die Schwierigkeit besteht zunächst nur darin, woher ich die Gepäckträgeruniform bekomme.«

Sie lachte und sprang auf die Füße.

»Sie vergessen eben, daß wir in einem Theater sind.«

Er folgte ihr in den Seitenflügel, sie öffnete die Tür zum Fundus, drehte das Licht an und begann hastig in einem großen Korb voller Kostüme zu wühlen.

Nach einigen Augenblicken drehte sie sich triumphierend um und schob ihm eine Schirmmütze zu.

»Das ist der Anfang.«

Auf dem weißen Metallschild stand die Bezeichnung »Britische Eisenbahnen«; es war eine echte Gepäckträgermütze. Brady setzte sie auf und betrachtete sich dann im Spiegel. Sie war zwar einige Nummern zu groß, aber unterdessen kam Anne schon wieder an und reichte ihm einen dunklen Leinenanzug mit glänzenden Uniformknöpfen, den sie über dem Arm hängen hatte.

»Das Problem ist gelöst«, rief sie dabei mit lustigem, angeregtem Gesicht. Einen Moment lang sah sie dabei wie ein Kind aus, das gerade ein neues und aufregendes Spiel kennengelernt hatte.

Mit ernstem Gesicht drehte sich Brady zu ihr um.

»Es hat doch alles keinen Zweck«, erklärte er. »Es würde nämlich bedeuten, daß Ihr hübscher Hals mit in diese böse Schlinge gesteckt würde, und das kann ich nicht zulassen. Die Polizei verfährt nicht gerade sanft mit Leuten, die Ausbrechern bei der Flucht helfen. Sie können Ihren Zug nehmen, wie Sie es vorgehabt haben. Ich werde schon einen Weg finden, nach London zu kommen.«

»Ich bin ohnehin schon in die Angelegenheit verwickelt, ob Sie es wollen oder nicht«, erklärte sie mit Nachdruck. »Mein Vater hat große Stücke auf Sie gehalten. Als ich Sie damals besuchte, verstand ich auch, weshalb das so war; denn unter Ihrem Zorn, unter aller Bitternis und Enttäuschung konnte ich noch immer ein Stück des echten Matthew Brady erkennen.«

»Aber mit Ihnen wird es nur so enden, daß Sie noch Schaden davontragen«, protestierte er.

»Lassen Sie nur gut sein«, sagte sie geduldig. »Ich werde Ihnen helfen, ob Sie wollen oder nicht.«

Er schaute sie an, und in seinem Blick lag so etwas wie Staunen und Verwunderung, und dann schüttelte er den Kopf.

»Sie sind weit mehr Ihres Vaters Tochter, als ich zuvor geglaubt hatte.«

Sie lächelte im heiteren Bewußtsein, daß sie jetzt gewonnen hatte.

»Kommen Sie, lassen Sie uns aufbrechen; mein Zimmer ist

hier nur um die Ecke. Wir können dort bleiben, bis der Zug abgeht.«

»Und was ist mit Ihrer Vermieterin?«

»Von der haben wir keine Schwierigkeiten zu erwarten. Sie verbringt die Nacht bei ihrer Schwester und bat mich, den Schlüssel unter den Fußabtreter zu legen, wenn ich abreise.«

Sie fand ein Stück braunes Packpapier, in welches sie die Gepäckträger-Uniform einwickelten, und dann brachen sie auf. Die Tür zum Bühneneingang verschlossen sie hinter sich. Noch immer regnete es stark. Sie gingen die Allee entlang und bogen dann in die Hauptstraße ein.

Anne nahm Bradys Arm, und sie schritten in gleichmäßigem, nicht zu hastigem Tempo dahin, und bogen in eine Seitenstraße ab, als ein Polizeiwagen auf der nassen Straße leicht schleudernd um die Ecke bog.

Der Wagen fuhr an ihnen vorbei und verschwand in der Nacht. Seine Sirene heulte schrill durch die Dunkelheit. Brady zwang sich zu einem verzerrten Lächeln.

»Sie werden diese Stadt um und um drehen, bevor sie es aufgeben.«

»Aber Sie werden schon auf dem Weg nach London sein, bevor sie mit der Suche richtig beginnen«, beruhigte sie ihn leise.

Die Straße war gesäumt von alten braunen Mietshäusern aus der Zeit der Königin Viktoria. Vor jedem Haus erstreckte sich ein schmaler Gartenstreifen. Anne öffnete die Tür zu einem dieser Gärtchen, und Brady folgte ihr. Er hatte jetzt Zeit, seine Lage zu überdenken, und er schüttelte nachdenklich den Kopf, als er Anne ansah. Sie hatte etwas Besonderes an sich, eine Eigenart, die er nicht definieren konnte, und die sie von jeder anderen Frau, die er früher gekannt hatte, unterschied. Es schien, als ob nichts ihre Ruhe und Überlegenheit zerstören könnte.

Das Mädchen schloß die Haustür auf, ging ihm in den Flur voran und trat in ein großes, komfortabel eingerichtetes Wohnzimmer. Sie drehte das Licht an und wandte sich dann mit einem Lächeln zu ihm.

»Zunächst muß ich mich einmal um mein Gepäck kümmern und den Rest einpacken; dann werde ich uns Kaffee aufbrühen. Machen Sie es sich unterdessen gemütlich und rauchen Sie eine Zigarette. Sie sehen so aus, als ob Sie mindestens einen Tag lang ununterbrochen schlafen könnten.«

Nachdem sie verschwunden war, steckte er sich eine Zigarette an, ließ sich vor einem elektrischen Heizofen in einen Sessel fallen und versuchte, sich zu entspannen. Das gelang ihm jedoch nicht. Der Regen klopfte beständig gegen die Fensterscheiben, als ob er sich Einlaß verschaffen wollte, und Bradys Magen war leer und krampfte sich vor nervöser Aufregung zusammen. Zwar war er im Moment in Sicherheit und geborgen, aber wenn er erst wieder draußen vor der Tür stand, war er ein gejagter Mann, der nichts als Feinde hatte. Ein Schauder überlief ihn, und Furcht stieg plötzlich in ihm auf. Als er sich erhob, bemerkte er ein altes hohes Klavier, das an der Wand stand. Er schlug den Deckel zurück und spielte einige Akkorde. Die Tasten waren schon gelblich vor Alter, aber die Töne klangen rein. So setzte er sich auf den Schemel davor und spielte eine alte Melodie. Sie klang sehnsüchtig und schwermütig und beschwor einen vergangenen Sommer herauf, der schon lange zurücklag und nur noch in der Erinnerung lebte.

Er glitt leicht von einer Melodie in die andere und konzentrierte sich so auf sein Spielen, daß er alle Angst verlor. Nach einer Weile schaute er auf und sah, daß Anne Dunning neben ihm stand.

»Sie spielen sehr gut, Mr. Brady«, sagte sie.

»Das ist einer meiner wenigen Vorzüge«, entgegnete er lächelnd. »Übrigens können Sie mich Matt nennen.«

Auch sie mußte lächeln, wobei um ihre Augenwinkel ein paar verschmitzte Fältchen erschienen.

»Ich werde also jetzt Kaffee machen – Matt! Und Sie können einstweilen die Gepäckträger-Uniform anziehen. Ich habe sie auf dem Bett ausgebreitet. Im ersten Zimmer rechts, oben im ersten Stock.«

Das Zimmer war ebenso altmodisch eingerichtet wie die anderen des Hauses und enthielt ein großes Messingbett und schwere viktorianische Möbel. Auf dem Fußboden neben der Tür standen zwei Koffer, ein dritter lag leer auf dem Bett, daneben die ausgebreitete Träger-Uniform. Offensichtlich hatte Anne ihr Gepäck so eingeteilt, daß für seinen Leinenanzug und Mantel noch Platz war.

Brady zog sich rasch um, trat dann vor den großen Spiegel des Kleiderschranks und musterte sich. Ein Fremder blickte ihm aus dem Spiegel entgegen. Die Uniform war, im Gegensatz zur Mütze, eine Nummer zu klein und unter den Armen sehr eng, während die Mütze über die Augen rutschte und das Schild sein Gesicht beschattete. Den alten Anzug und seinen Trenchcoat rollte er zusammen, packte sie in den leeren dritten Koffer und trug diesen zusammen mit den beiden anderen hinunter.

Anne war noch in der Küche; so trat er leise ein und lehnte sich von ihr unbemerkt an den Türpfosten. Eine ganze Weile stand er so; dann drehte sie sich plötzlich um und wollte etwas holen, dabei erblickte sie ihn. Unwillkürlich stieß sie einen kleinen Schrei aus und trat einen Schritt zurück, doch dann brach sie in Lachen aus.

»Aber das ist ja großartig, Matt!« rief sie. »Sie sind einfach nicht wiederzuerkennen!«

Er schob die Mütze auf den Hinterkopf und schmunzelte. »Na, dann fällt mir ja ein Stein vom Herzen! Wann rücken wir ab?«

Sie trug ein vollbeladenes Tablett ins Wohnzimmer, und er folgte ihr.

»Der Zug fährt kurz nach Mitternacht. Wir können schon gleich nach elf Uhr einsteigen, aber ich denke, es ist am besten, wenn wir erst ganz kurz vor Mitternacht hingehen.«

Er nickte zustimmend, während sie ihm eine Tasse Kaffee reichte.

»Das klingt vernünftig. Wie lange brauchen wir bis zum Bahnhof?«

Achselzuckend meinte sie: »Vielleicht zehn Minuten – aber wenn wir die Seitenstraßen gehen, ein bißchen länger. Wir kommen dann neben einem großen Hotel heraus; vor uns liegt ein Platz, und auf der anderen Seite befindet sich der Bahnhof.«

»Das ist recht günstig. Falls uns jemand sieht, wie wir den Platz überqueren, wird er meinen, ich bringe Ihr Gepäck vom Hotel in den Zug.«

Sie nickte. »Das habe ich mir auch so gedacht.«

Sie tranken noch eine Tasse Kaffee, und nach einer Weile trug sie das Tablett wieder in die Küche zurück. Brady steckte sich eine Zigarette an, lehnte sich im Sessel zurück und versuchte, an nichts zu denken.

Nach etwa zehn Minuten kam sie zurück. Sie trug jetzt

einen Regenmantel und eine dunkle Baskenmütze. Er erhob sich und lächelte.

»Kann es losgehen?«

Sie nickte zustimmend. »Ja. Wie fühlen Sie sich?«

»Ich habe völlig abgeschaltet«, meinte er. »Aber ich werde es schon überleben.«

Sie verließen das Haus durch einen Hinterausgang, überquerten einen kleinen, dunklen Hof und kamen in eine schmale Seitengasse. Der Regen hatte jetzt etwas nachgelassen. Anne führte ihn zielbewußt durch mehrere Nebenstraßen. Offensichtlich hatte sie sich den Weg genau überlegt.

Kein Mensch begegnete ihnen, und kaum fünfzehn Minuten nach Verlassen des Hauses hatten sie bereits die Straße erreicht, die auf den Bahnhofsvorplatz führte.

Brady spürte langsam das Gewicht der drei Koffer. Neben dem Seiteneingang des Hotels blieb er stehen, um den Griff zu wechseln, dann marschierte er hinter Anne her, quer über den holprig gepflasterten Platz.

Ruhig, ohne Eile und völlig selbstbewußt schritt Anne voran. Vor dem Haupteingang zum Bahnhof parkten drei Streifenwagen. Anne schaute wie zufällig zu ihnen hinüber und ging dann unbeirrt und ohne zu zögern in den Bahnhof hinein.

Die Halle war kalt und düster. Alle Kioske hatten schon geschlossen, nur der Wartesaal war noch geöffnet. Eine erstaunlich große Menschenmenge hatte sich in der riesigen gewölbten Halle angesammelt und wartete auf die verschiedenen Züge.

An der Sperre standen zwei Polizeiwachtmeister und musterten jeden, der hindurchging. Anne hielt ihre Fahrkarte schon bereit, und während der Schaffner die Karte lochte, gab es nur einen ganz kurzen Aufenthalt. Dann war sie hindurch, und Brady folgte ihr unmittelbar mit den Koffern.

Der Zug stand schon abfahrbereit auf dem Bahnsteig. Eine weiße Dampfwolke quoll zwischen den Rädern der Lokomotive hervor. Die Schlafwagen befanden sich am anderen Ende des Zuges. Bradys Hände waren feucht von Schweiß, sein Mund war wie ausgetrocknet.

Der junge Polizeibeamte, der wie zufällig neben der Wagentür stand, war schon sehr müde. Während Anne an ihm vorbei einstieg, riß er seinen Mund zu einem Gähnen weit auf und hob nachlässig die Hand.

Anne wies ihre Fahrkarte dem Schlafwagenschaffner vor, der in seinem winzigen Coupé stand, und die Nummern rasch mit seiner Karte verglich.

»Sie haben das erste Abteil im nächsten Wagen, Miss Dunning. Nummer zwölf. Wünschen Sie morgen Frühstück oder nur Tee?«

Sie schüttelte den Kopf. »Danke, ich werde später frühstücken, irgendwo in der Stadt.«

Er reichte ihr die Karte zurück und lächelte. »Wir fahren um sieben Uhr in King's Cross ein, aber Sie brauchen den Zug nicht vor acht zu verlassen!«

Als ein weiterer Fahrgast einstieg, ging Anne schnell den Gang entlang, und Brady folgte ihr wiederum. Über die Brücke schritten sie hinüber in den nächsten Wagen. Dieser war noch ruhig und leer; Anne zog rasch die Tür ihres Abteils auf und trat ein.

Brady stellte den Koffer hin, nahm seine Mütze ab und lehnte sich gegen die Tür. Auch seine Stirn war schweißbedeckt, und er stieß einen leisen Pfiff aus. »Donnerwetter, das möchte ich nicht noch einmal mitmachen.«

Auch ihre Augen leuchteten vor Erregung. Sie warf ihm die Arme um den Hals und drückte ihn an sich.

»Ich habe Ihnen doch gesagt, daß es klappen würde.«

Er hielt sie fest in seinen Armen und spürte plötzlich voller Freude ihren warmen Körper. Er war jung und voller Lebenskraft, doch nach einem kurzen Augenblick befreite sie sich sanft wieder aus seinem Griff.

»Wir sollten lieber beginnen, uns einen Plan zurechtzulegen«, meinte sie leichthin und zog ihren Regenmantel aus.

Das Abteil war eng und angefüllt mit Gegenständen. An der einen Wand befand sich eine winzige Schlafkoje und in der Ecke neben dem Fenster ein Waschbecken. Brady setzte sich auf den Bettrand und steckte sich eine Zigarette an.

»Was soll ich tun, wenn jemand an die Tür klopft?«

Sie sah sich im Abteil um und lächelte dann. »Ich schätze, Sie müssen unter das Bett kriechen. Es bleibt uns wohl keine andere Wahl.«

»Und was geschieht, wenn wir in King's Cross ankommen?«

Sie zuckte die Achseln. »Wenn wir erst einmal durch die Sperre sind, steigen wir sofort in die U-Bahn. Ich habe eine Wohnung in Kensington. Dort können wir in zwanzig Minuten sein. Eigentlich teile ich mir die Wohnung mit einem anderen Mädchen, aber sie tritt in dieser Woche bei einer Show in Glasgow auf.«

»Und was ist mit meiner Uniform?«

»Das ist doch ganz einfach«, sagte sie. »Wenn wir durch die Sperre gehen, trage ich meinen Mantel über dem Arm, den Ihren darunter versteckt. Wenn wir dann zur U-Bahn hinuntersteigen, können Sie in Ihren Mantel schlüpfen. Zu dieser Zeit am frühen Morgen ist die U-Bahn stets überfüllt. Selbst wenn Sie im Kopfstand durch London fahren würden, nähme auch niemand Notiz von Ihnen.«

Brady mußte lachen. »Ich sehe, Sie haben alles schon ohne mich gut organisiert.«

»Na ja, einer muß doch an alles denken!«

Während sie noch sprach, hatte sie bereits den Reißverschluß ihres Kleides aufgezogen und streifte es sich über den Kopf. Ohne sich im geringsten etwas dabei zu denken, stand sie in Unterwäsche da und öffnete einen ihrer Koffer. Sie holte einen rotseidenen Brokat-Morgenmantel heraus und zog ihn über.

Während sie den Gürtel festband, lächelte sie. »Das wird wohl für die Nacht genügen.«

Brady nickte, und plötzlich war es ihm, als ob sein Kopf zu schwer für seinen Körper sei. Er holte tief Atem und machte eine Anstrengung, um sich aufzurichten, doch sie kniete schon vor ihm nieder und begann ihm die Schuhe auszuziehen.

»Sie brauchen Schlaf, sehe ich, und nicht zu wenig«, sagte sie dabei.

Brady öffnete seinen Kragen und zog das Jackett aus. Nachdem sie ihm die Schuhe abgestreift hatte, drückte sie ihn auf das Bett hinunter.

»Und was wird mit Ihnen?« protestierte er.

»Da ist Platz genug für uns beide«, erklärte sie, legte sich an seiner Seite auf das Bett und breitete die Decke über sie beide.

Brady war viel zu müde, um mit ihr zu streiten. Er drehte sich um, betrachtete ihren dunklen Kopf, der da neben ihm auf dem Kissen lag, und lächelte schwach. »Sie sind ein merkwürdiges Mädchen«, murmelte er leise.

Auch sie mußte lächeln, und es war, als ob in ihrem Innern ein Licht angezündet worden sei, dessen Glanz aus ihren dunklen Augen strahlte. Keine Frau hatte ihn jemals vorher so angelächelt und so in ihren Bann gezogen.

Er beugte sich vor und gab ihr einen einzigen zarten Kuß auf ihren leicht geöffneten Mund. Sie drückte ihr Gesicht an seine Schulter, und wenig später waren sie beide eingeschlafen.

Ein Klopfen an der Tür weckte ihn und ließ ihn aus einem tiefen, traumlosen Schlaf auffahren. Anne war gerade dabei, sich ihr Kleid über den Kopf zu ziehen. Sie drehte sich rasch zu ihm um und nickte ihm beruhigend zu.

»Es ist nur der Schlafwagenschaffner, der zum Wecken geklopft hat«, erklärte sie leise.

»Sind wir denn schon da?« fragte Brady überrascht.

Als sie bestätigend nickte, schwang er die Beine aus dem Bett und zog sich die Schuhe an. Er fühlte sich vollkommen erfrischt und ausgeruht; lediglich sein Magen war leer und knurrte, und Brady wurde es plötzlich zu seinem eigenen Erstaunen bewußt, daß er nicht mehr gegessen hatte, seit er aus dem Zuchthaus ausgebrochen war.

Rasch zogen sie sich an, und als sie damit fertig waren, öffnete Anne die Tür und spähte vorsichtig hinaus auf den Korridor. Dann drehte sie sich um, nickte ihm zu, und Brady nahm die Koffer auf und folgte ihr hinaus.

Als er den Gang entlangging, öffnete sich die Tür eines anderen Abteils, und ein Fahrgast trat heraus. Er trug einen kleinen Koffer; Brady blieb stehen, ließ ihn vorangehen und folgte ihm dann dicht auf den Fersen.

An der Sperre standen diesmal keine uniformierten Polizisten, aber Brady bemerkte zwei große Kerle in Regenmänteln und weichen Hüten, die neben dem Zeitungsstand an der Wand lehnten und offensichtlich die Gesichter aller Leute musterten, die die Sperre passierten.

Etwa ein oder zwei Meter vor Brady fuhr ein Träger mit einem kleinen Elektrokarren, der mit Postsäcken beladen war, vorbei. Als sich der Karren der Sperre näherte, öffnete jemand einen Durchlaß. Brady zögerte nicht eine Sekunde, sondern folgte dem Karren, nickte dem Mann an dem Tor einen kurzen Dank zu und marschierte dann unbeirrt quer durch die Bahnhofshalle zu dem Schacht der Untergrundbahn.

Er schloß sich dem Strom der Leute an, die in den Schacht hinabstiegen, und nach einer Weile bemerkte er plötzlich, daß Anne an seiner Seite ging.

Als sie unten in der Station angekommen waren, setzte er in einer Ecke die Koffer ab, und sie reichte ihm seinen Trenchcoat.

»Ich werde die Karten lösen«, erklärte sie und trat zu einem Automaten.

Der Bahnsteig war voller Menschen; Brady zog rasch seinen Mantel über und nahm ganz beiläufig seine Mütze ab. An ihrer Stelle zog er den Regenhut aus der Tasche und setzte ihn auf.

Als Anne wieder zu ihm trat, fragte sie ihn: »Alles in Ordnung?«

Er knüllte die Gepäckträgermütze zwischen seinen Händen und quetschte sie dann in die Tasche. »Alles in Ordung«, erwiderte er, nahm die Koffer wieder auf und folgte ihr zur U-Bahn-Sperre.

7

Ihre Wohnung lag im dritten Stockwerk eines alten, grauen Hauses. Man konnte von dort aus den ruhigen Platz am Kensington Garden völlig überblicken. Als sie die Tür öffnete, waren die Vorhänge zugezogen, und der Raum lag im Halbdämmer. Anne zog sie auf und öffnete das Fenster.

»Die Wohnung muß mal gelüftet werden«, meinte sie dabei. »Sie hat drei oder vier Wochen leergestanden...«

Brady setzte die Koffer ab und schloß die Tür.

»Es gefällt mir hier ausgezeichnet«, antwortete er und zog sich den Trenchcoat aus.

»Wie hungrig sind Sie?« fragte sie ihn.

Er grinste. »Ob Sie es glauben oder nicht, aber ich habe meinen letzten Bissen noch als Gast Ihrer Majestät zu mir genommen.«

Sie riß erstaunt die Augen auf. »Aber Sie müssen ja verhungert sein! Warum haben Sie denn um Gottes willen nichts vom Essen gesagt, als wir noch in meiner Bude in Manningham waren?«

Er zuckte die Achseln. »Da hatten wir weiß Gott wichtigere Dinge zu besprechen als uns damit abzuquälen.«

Sie lächelte. »Na ja, gut – jedenfalls ist hier gleich um die Ecke ein kleiner Laden. Ich werde schnell hinlaufen und sehen, was ich für Sie holen kann. Machen Sie es sich inzwischen bequem. Es wird nicht lange dauern.«

Als sie gegangen war, sah er sich in der kleinen Wohnung

um. Es gab ein großes Wohnzimmer, eine Küche, ein Schlafzimmer mit einem Doppelbett und ein Badezimmer. Er bekam sofort Lust zu baden, drehte beide Wasserhähne weit auf und begann sich auszuziehen.

Als er sich genußvoll in der Badewanne wälzte, bis zum Kinn im heißen Wasser und vom heißen Dampf umwogt, wurde die Tür plötzlich aufgerissen, und eine kleine Hand kam zum Vorschein, die auf eines der Glasbrettchen ein Paket ablegte.

»Frühstück in fünfzehn Minuten«, rief Anne und warf die Tür hinter sich zu.

Das Päckchen enthielt einen einfachen Rasierapparat, Rasierklingen und eine Tube mit Rasiercreme. Er mußte in sich hinein lächeln und trocknete sich schnell das Gesicht ab. Als er zehn Minuten später das Badezimmer verließ, frisch rasiert, mit gekämmtem Haar, das Jackett übergezogen, fühlte er sich zum erstenmal seit Monaten wieder als Mensch.

Der Tisch war für zwei Personen gedeckt. Er stand direkt vor dem großen Fenster, und eine Zeitung lehnte gegen die Zuckerdose. Er setzte sich und griff begierig nach dem Blatt.

Die Meldung von seiner Flucht stand auf der ersten Seite, unten in der rechten Ecke. Die Gefängnisverwaltung hatte noch keine Einzelheiten bekanntgegeben, sondern nur erwähnt, daß er flüchten konnte. Seine Verurteilung und die Umstände, die dazu führten, wurden kurz erwähnt, ebenso eine Warnung, daß er gefährlich sei. Der Gefängnisdirektor von Manningham hatte auch ein Interview gegeben, in dem er sagte, daß er sicher sei, Brady weile noch in der Stadt, und man werde ihn bald wieder gefangennehmen können.

Die Fotografie, die in der Zeitung war, stammte von seiner Karteikarte. Brady betrachtete sie stirnrunzelnd und fragte sich, ob zwischen ihm und diesem finsteren Fremden auch nur die geringste Ähnlichkeit bestand.

»Nein, das sieht Ihnen aber gar nicht ähnlich«, beruhigte ihn Anne über seine Schulter hinweg.

»Das ist vielleicht ganz gut so«, sagte er. »Sie werden doch nicht ewig nur in Manningham nach mir suchen.«

Anne stellte ihm Schinken und Ei vor die Nase sowie eine Platte voller Toasts. »Ich habe mir sehr große Mühe gegeben«, meinte sie, indem sie ihm gegenüber Platz nahm, »und ich hoffe, das sagt Ihrem überseeischen Geschmack zu!«

Er lächelte. »Absolut keine Beanstandungen. Ich habe mich seit meiner Knabenzeit, als ich noch in der Bucht fischen ging und dann am frühen Morgen heimkehrte, nicht mehr so hungrig gefühlt.«

»Wo war das?« fragte sie ihn.

»In der Nähe von Kap Cod«, erzählte er. »Mein Vater hatte gleich zur Rechten an der Küste eine Farm.«

»Ich habe mir schon immer gewünscht, einmal die Neu-England-Staaten kennenzulernen«, sagte sie.

»Wenn Sie nicht unseren Herbst gesehen haben, haben Sie nicht gelebt«, schwärmte er. »Es gibt wohl nichts Schöneres auf Gottes weiter Welt als dieses Farbenspiel!«

Sie zündeten sich Zigaretten an und starrten aus dem Fenster. Die hellen Regentropfen fielen durch die hohen Bäume des Parks, und Anne und Brady konnten das leichte Rascheln der sich drehenden und fallenden Blätter vernehmen. Brady mußte an seine Heimat denken.

»Möchten Sie eigentlich eines Tages wieder nach Hause zurückkehren?« fragte sie ihn sanft.

Er nickte. »Ja, sonderbar... Eigentlich wollte ich nach meinem Kuwait-Job heim. Ich hatte von meinem Schwager einen Brief erhalten. Er ist Architekt, der Seniorchef in einer großen Bostoner Firma. Er sähe es gern, wenn ich mit bei ihm einstiege, schrieb er.«

»Vielleicht werden Sie es tun, wenn Sie diese Sache hier hinter sich gebracht haben!«

Er drehte sich zu ihr um und lächelte. »Es kann schon sein, daß Sie recht haben – aber wenn ich hier auf meinem Hinterteil sitzen bleibe, erreiche ich nichts. Ich sollte besser etwas unternehmen, als hier Luftschlösser bauen!«

»Seien Sie kein Narr.« Beruhigend legte sie ihm ihre Hand auf den Arm. »Sie können nicht längere Zeit durch London laufen und erwarten, daß man Sie nicht erwischt. Früher oder später werden Sie, wenn Sie gerade um eine Ecke biegen, direkt in die Arme eines übereifrigen Polizisten laufen, der gerade auf Streife ist und von schneller Beförderung träumt. Was würde also viel dabei herauskommen?«

»Was schlagen Sie dann vor?« fragte er ungeduldig.

»Ich werde für einen Tag einen Wagen mieten. Das kann nicht viel kosten, und um die Ecke befindet sich gleich eine Garage. Es ist bestimmt sicherer für Sie, in einem Wagen durch London zu fahren als zu laufen.«

Er ergriff eine ihrer Hände. »Ich beginne mich zu fragen, was ich wohl ohne Sie anfangen würde!«

Sie errötete und erhob sich mit einem leichten Lächeln. »Schmeicheleien helfen Ihnen jetzt nicht. Aber wenn Sie unbedingt etwas für Ihren Lebensunterhalt tun möchten, können Sie hier den Tisch abräumen, während ich mich wegen eines Wagens erkundigen gehe.«

Nachdem sie hinausgegangen war, saß er noch eine Weile da, rauchte seine Zigarette zu Ende und dachte über Anne nach. Dann trat er ans Fenster, hörte sie die Treppen hinuntersteigen, sah sie den Bürgersteig entlanggehen und verspürte plötzlich eine schmerzliche Leere im Innern. Ihm wurde in diesem Augenblick klar, daß Anne ihm etwas bedeutete.

Er räumte den Tisch ab, und als er gerade mit dem Abwaschen des Geschirrs fertig war, kam Anne zurück. »Na, das ging aber schnell«, begrüßte er sie.

Sie lächelte. »Oh, die vom Wagenverleih kennen mich. Ich habe schon mehrere Male einen Wagen gemietet, seit ich hier wohne. Übrigens habe ich mich nach der Dell Street erkundigt. Sie liegt in der Nähe vom Regent's Park. Wenn man den Verkehr in Betracht zieht, würden wir wohl nicht mehr als zwanzig Minuten brauchen, um dorthin zu gelangen.«

Er runzelte die Stirn und packte sie fest am Arm. »Es ist nicht nötig, daß Sie mitkommen. Ich weiß nämlich noch nicht, in welche Sache ich mich da einlasse!«

»Der Wagen läuft auf meinen Namen«, entgegnete sie ihm ruhig, »und entsprechend den Versicherungsbedingungen kann ihn niemand anders fahren! Jetzt stecke ich also bis zum Hals mit drin, Matt. Sie werden sich schon an den Gedanken gewöhnen müssen.«

Er seufzte. »Okay, Anne. Sie haben gewonnen. Gehen wir also!«

Der Wagen war ein kleiner Morris, genau richtig für den starken Londoner Verkehr. Sie fuhr ihn auch sehr gut, nahm den Weg durch den Hauptverkehrsstrom der Bayswater Road und bog dann in die Marylebone Road zum Regent's Park ein.

Ohne große Schwierigkeiten fanden sie die Dell Street, eine ruhige Seitenstraße am Park. Sie bestand aus hohen viktorianischen Häusern, die inmitten kümmerlich aussehender Gärten standen.

Das Anwesen von Professor Soames war zweifellos sehr eindrucksvoll. Die flachdachigen Anbauten an der rechten Seite des Hauses sahen so aus, als ob sie erst kürzlich errichtet worden seien.

Das große doppelflügelige Tor stand offen. Anne fuhr jedoch vorbei und parkte den Wagen in einer kleinen Sackgasse wenige Meter weiter.

Durch das Rückfenster las Brady die Inschrift eines vergoldeten Schildes, das an der Mauer neben dem Tor angebracht war. Sie lautete: Deepdene Pflegeheim, und darunter stand: Professor H. Soames – Naturheilkundliche Behandlung.

»Scheint ein toller Laden zu sein«, meinte Brady anerkennend.

Anne nickte und stellte den Motor ab.

»Und was nun?«

Achselzuckend erwiderte Brady. »Ich gehe einfach hinein und bitte, ihn sprechen zu dürfen. Ich werde vorgeben, ein angemeldeter Patient zu sein. Das ist der einzige Weg, wie ich etwas erreichen kann.«

»Und dann?«

Brady lächelte dünn. »Ich hoffe, er wird vernünftig sein. Wenn er solch einen gutgehenden Laden betreibt, dann ist ein Skandal das letzte, was er gebrauchen kann!«

Entschlossen schüttelte sie den Kopf.

»Das gefällt mir nicht. Vielleicht ist er heute nicht zu sprechen? Es kann doch sein, daß er nicht in der Stadt ist... sondern außerhalb.«

»Was schlagen Sie mir also vor?«

»Das ist doch ganz einfach: Zuerst gehe ich hinein und bitte, vorgelassen zu werden. Wenn er wirklich zu sprechen ist, wird mein Vorgehen nicht schaden. Wenn er aber nicht da ist, können wir später zurückkommen.«

Er wollte gerade den Mund aufmachen, um ihr zu widersprechen, doch sie hinderte ihn daran, indem sie ihm zart die Hand auf die Lippen legte.

»Von je weniger Leuten Sie gesehen werden, desto besser ist es.«

»In Ordnung«, sagte Brady.

Sie kletterte aus dem Wagen und schlug die Tür hinter sich zu. Nachdem sie einige Schritte auf das Haus zugegangen war, blieb sie noch einmal stehen, holte die Wagenschlüssel aus ihrem Täschchen und kam zurück. –

»Hier, es ist besser, wenn Sie die Schlüssel nehmen«, sagte sie dabei. »Für den Fall wenigstens, daß Sie schnell von hier verschwinden müssen.«

Nachdem sie ins Haus gegangen war, steckte sich Brady eine Zigarette an und machte es sich auf seinem Sitz bequem. Natürlich hatte Anne ganz recht. Es hätte keinen Sinn gehabt, wenn er schnurstracks ins Haus marschiert wäre und das Risiko auf sich genommen hätte, daß ihn irgend jemand erkannte. Wahrscheinlich hätte er damit nichts erreicht. Für das Mädchen hingegen würde es sicher keine Gefahr bedeuten, wenn sie einfach und unbefangen um den Termin für eine Konsultation bat. Auf jeden Fall würde er, Brady, erfahren, ob Soames zu Hause war oder nicht.

Im Handschuhkasten lag eine alte Zeitung. Um die Zeit des zermürbenden Wartens totzuschlagen, las Brady sie systematisch von der ersten bis zur letzten Seite durch.

Als jedoch eine Stunde vergangen war, bekam er langsam ein unangenehmes Gefühl. Wieder steckte er sich eine Zigarette an und schaute durch das Rückfenster zu dem großen

Tor, aber von Anne war keine Spur zu sehen. Brady fluchte, drehte sich wieder um und schaute auf die Uhr am Armaturenbrett.

Von welcher Seite er auch immer die Sache betrachten mochte – irgend etwas mußte schiefgegangen sein. Er gab ihr noch einmal zwanzig Minuten, doch als sie dann noch immer nicht kam, kletterte er entschlossen aus dem Wagen, verschloß die Tür und steckte den Schlüssel in die Uhrtasche seiner Hose.

Während er auf das große Tor zuging und hindurchtrat, lag die Straße ruhig und menschenleer da. Es nieselte etwas. Brady ging den breiten Kiesweg entlang und stieg dann die Stufen zum Portal empor. Schon auf einen leichten Druck hin öffnete sich die Tür, und Brady trat in eine komfortabel eingerichtete, teppichbelegte Eingangshalle. In einer Ecke stand ein niedriger, moderner Tisch, und ein junges Mädchen war gerade dabei, eine Kartei zu sortieren.

Die junge Dame war ausgesprochen hübsch, hatte rotgoldenes Haar, das ihr weich auf die Schultern fiel, und trug einen weißen Schwesternkittel. Sie schaute bei seinem Eintritt auf und lächelte höflich, aber unbeteiligt.

»Bitte sehr, Sie wünschen?«

»Ich möchte gern wissen, ob ich Professor Soames sprechen kann?« fragte er.

»Es tut mir leid, aber Professor Soames empfängt nur angemeldete oder bestellte Patienten.«

»Das ist mir klar«, erwiderte Brady. »Aber ein Freund empfahl mir, ich sollte es trotzdem versuchen. Ich schleppe ein hartnäckiges altes Rückenleiden mit mir herum und habe schon jahrelang von einer alten Verletzung her starke Schmerzen.«

»Trotzdem, Professor Soames ist leider heute den ganzen Tag über beschäftigt«, erwiderte sie. »Übrigens hat Professor Soames einige Mitarbeiter, die ebenfalls in der Naturheilkunde ausgezeichnete Kenntnisse besitzen.«

»Ich muß aber den Professor selbst sprechen«, sagte Brady mit Nachdruck. »Er ist der einzige, der mir helfen kann. Davon bin ich fest überzeugt – jedenfalls nach dem, was mir mein Freund von ihm erzählt hat!«

Sie seufzte resigniert und kritzelte etwas auf einen Notizblock.

»Wenn Sie mir Ihren Namen geben möchten, Sir...? Ich werde sehen, was sich machen läßt.«

»Harlow ist mein Name«, sagte Brady. »George Harlow.«

Sie schrieb den Namen auf, wirbelte dann in ihrem Drehstuhl herum und erhob sich mit einer grazilen Bewegung.

»Nehmen Sie bitte Platz, Mister Harlow. Ich bin gleich wieder zurück.«

In ihrer leichten, natürlich graziösen Art schritt sie durch die Halle und öffnete eine Tür. Nachdem sie verschwunden war, grinste Brady vor sich hin und setzte sich auf die Tischkante. Falls sie ein Muster sein sollte für die übrigen Mitarbeiter des Professors, dann mußte dies ein recht angenehmes Haus sein.

Neben dem Karteikasten auf dem Tisch lag eine Liste der angemeldeten und bestellten Patienten. Brady zog sie rasch zu sich heran und ging mit dem Finger das Register durch. Annes Name war allerdings nirgends zu finden; mit ihr war keine Besuchszeit vereinbart worden. Bradys Stirn zog sich nachdenklich zusammen, und er schob die Liste wieder auf ihren alten Platz zurück.

»Möchten Sie mir bitte folgen, Mister Harlow? Ich denke, ich kann Sie rasch dazwischenschieben.«

Das Mädchen hatte sich ihm lautlos von hinten her genähert, das Geräusch ihrer Schritte war durch den dicken Teppich erstickt worden. Sie ließ sich nicht im geringsten anmerken, ob sie gesehen hatte, wie er die Liste durchlas, und doch mußte sie das bemerkt haben.

Brady lächelte. »Es ist außerordentlich nett von Ihnen, daß Sie meinetwegen soviel Schwierigkeiten auf sich nehmen.« Sie ging ihm voran durch einen schmalen Korridor, der zu den Anbauten auf der rechten Seite führte, und öffnete dort eine Tür. Brady trat ein und bemerkte, daß er sich in einem kleinen, hübsch eingerichteten Garderobenzimmer befand.

»Es wird sofort jemand kommen und sich mit Ihnen beschäftigen, Mr. Harlow. Vielleicht möchten Sie sich schon ausziehen. Hinter der Tür finden Sie einen Bademantel.«

»Ausziehen?« fragte Brady. »Ist das wirklich nötig?«

»Professor Soames wünscht, daß seine Patienten völlig entspannt sind, bevor er mit der Konsultation beginnt«, erklärte sie. »Sie werden sich für kurze Zeit ins Dampfbad begeben und dann eine Entspannungsmassage bekommen. Danach wird sich der Professor um Sie kümmern.«

Sie ließ ihn allein in dem Zimmer zurück; Brady zuckte gleichgültig die Achseln und legte das Jackett ab. Wenn dies der einzige Weg war, der ihm verblieb, um vor Soames zu gelangen, dann hatte er keine andere Wahl.

Nachdem er sich ganz ausgezogen hatte, band er sich ein Handtuch um die Hüften, legte den Bademantel um und wartete. Wenige Minuten später ging die Tür wieder auf; eine andere junge Frau, ebenfalls in einem weißen, in der Taille eng gegürteten Kittel, trat ein.

Sie war fast noch hübscher als die Empfangsdame – falls das überhaupt möglich war. Ihr Kittel war völlig durchnäßt, klebte an ihrem Körper und betonte jede Linie.

Sie strich sich eine Strähne dunklen Haars aus der Stirn und lächelte ihn an.

»Würden Sie mir bitte hier entlang folgen?«

Während er ihr nach über den Korridor schritt, fragte sich Brady verwundert, wie sehr entspannt der Professor seine Patienten eigentlich haben wollte... Dann öffnete das Mädchen eine Schwingtür, und sie traten in einen langen, gekachelten Raum, dessen Luft von heißem Dampf erfüllt war.

Das Mädchen führte ihn jetzt durch eine andere Schwingtür, und sie betraten einen stillen, weißgekachelten Korridor. Am Ende des Ganges war eine Tür, auf der Brady »Privat« lesen konnte. Das Mädchen öffnete sie, und Brady folgte ihr langsam.

Auch dieser Raum war weißgekachelt und stickig von Dunst. In einer Ecke befand sich eine Dusche, und in der Mitte des Raumes stand eine gepolsterte Pritsche.

Der Mann, den Brady an der Seite stehen sah, trug nur Badeshorts. Sein Körper wirkte stark und kräftig, die Muskeln traten wie Knoten heraus. Sein Gesicht war grobknochig und hart; er hatte eiskalte Augen und trug sein Haar kurzgeschoren.

»Dies ist Mr. Harlow, Carl«, sagte das Mädchen. »Wollen Sie ihn bitte vorbereiten? Der Professor wird in zehn Minuten hier sein.«

Carls Englisch war gut, zeigte aber einen leichten schwedischen Akzent. Höflich forderte er Brady auf: »Wollen Sie bitte Ihren Bademantel ablegen!«

Brady gehorchte; der Schwede führte ihn zu der Duschekke und schob ihn unter die Dusche. Die schwere Glastür wurde geschlossen, und ein Schwall nadelfeiner Wasserstrahlen trommelte auf seinen Körper.

Nicht nur die Eiseskälte des Wassers, sondern auch die Strahlen als solche waren physisch qualvoll. Er hielt es etwa zwei oder drei Minuten aus und versuchte dann, die Tür zu öffnen.

Sie war abgeschlossen. Er hämmerte gegen das Glas, doch Carl runzelte erstaunt die Stirn, zeigte auf seine Uhr und schüttelte den Kopf. Dann drehte der Schwede an einem Ventil und die Strahlen stürzten jetzt noch heftiger herab, bis Brady halb zusammensank, nach Atem zu ringen begann und gegen eine Ohnmacht ankämpfen mußte.

Als die Tür geöffnet wurde, fiel Brady zu Boden. Der Schwede hob ihn auf, grinste und enthüllte seine schlechten Zähne. »Wie fühlen Sie sich jetzt, Mr. Harlow?«

»Mehr tot als lebendig«, japste Brady. »Soll einem das vielleicht guttun?«

Der Schwede grinste erneut. »O nein, Mister Brady. Es sollte Sie etwas weichmachen!«

Der folgende Schlag kam Brady nicht mehr recht zu Bewußtsein; er spürte nur, daß irgend etwas in seiner Magengrube explodierte und daß die weißen Kacheln ihm plötzlich entgegenkamen.

Sein Bewußtsein schwand ihm nicht ganz. Von weit her konnte er Stimmen vernehmen, während der Schmerz in seinem Körper wütete, ihn bis an die Grenze der Ohnmacht führte und sich dann plötzlich wie die Ebbe nach der Flut zurückzog. Langsam wurde die Dunkelheit zur Dämmerung, und endlich trat ein helles Licht direkt über ihm in sein Bewußtsein. Es leuchtete von der Decke wie ein unheilverkündendes Auge, seine Strahlen wurden durch den Dunst im Raum zerstreut und gedämpft. Brady versuchte verzweifelt, einen Entschluß zu fassen.

Der Schmerz in seinem Körper ließ nach, und nur noch Wärme durchrann seine Glieder. Seine Magenmuskeln wurden von geübten Händen massiert. Er stöhnte und versuchte sich aufzurichten, aber eine Hand drückte ihn wieder nieder, und eine harte amerikanische Stimme sagte: »Nicht so stürmisch. Immer mit der Ruhe!«

Er schloß wieder die Augen, holte ein oder zwei Minuten lang tief Atem und schaute dann wieder auf.

Eine Frau beugte sich über ihn, aber es war eine Frau, wie er noch niemals eine vorher gesehen hatte. Langes, schwarzes Haar umrahmte ein männliches, hartes und grobschlächtiges Gesicht mit einem breiten und fleischigen Mund.

Sie mochte über 1,80 Meter groß sein. Die Ärmel ihres weißen Kittels waren aufgekrempelt und gaben Muskeln frei, die einen Ringer hätten vor Neid erblassen lassen.

»Wer zum Teufel sind Sie denn?« fragte Brady stöhnend.

»Ich bin Professor Soames«, sagte sie ruhig. »Ich vermute, Sie hatten meine Geschlechtszugehörigkeit falsch eingeschätzt.«

Brady setzte sich auf und befühlte seinen Magen. »Wahrscheinlich hat Das Sie aus Manningham angerufen?«

Sie nickte. »Ich hatte eigentlich nicht damit gerechnet, daß Sie kämen! Es war nicht anzunehmen, daß Sie durch das Netz, das die Polente um Sie gezogen hatte, entwischen könnten. Sie müssen eigentlich ein toller Bursche sein!«

Brady zögerte einen Moment. »Ich habe da ein Mädchen bei mir gehabt... Sie versuchte kurz vor mir, Sie zu sehen. Was ist mit ihr geschehen?«

Die Frau lächelte ironisch. »Ich hatte mir doch gleich gedacht, daß zwischen Ihnen und diesem Mädchen eine Verbindung bestand. Auch sie verkannte mich. Sie sagte, sie käme auf Empfehlung einer zufriedenen Patientin; da war mein Verdacht bestätigt. Ich behandle nämlich nur Männer.«

»Das glaube ich Ihnen gern«, meinte Brady. »Geht es dem Mädchen gut?«

Sie nickte. »Zur Zeit noch ja.«

In ihren Worten lag eine Drohung, aber es war im Moment nur herzlich wenig, was er tun konnte. Sie wickelte ihm das Handtuch um die Taille und erhob sich. »Was jetzt?«

Sie öffnete die Tür und ließ den Schweden herein. »Carl wird Ihnen beim Anziehen behilflich sein. Wenn Sie fertig sind, wird er Sie zu meinem Privatraum für ein Plauderstündchen begleiten.« Sie verhielt einen Moment in der Tür und warnte ihn noch: »Versuchen Sie ja nicht zu entkommen. Ich möchte eigentlich nicht, daß man Sie noch einmal rauh behandeln müßte. Es kommt nicht oft vor, daß ich Gelegenheit bekomme, mich einmal mit jemandem aus meinem Heimatland zu unterhalten.«

Als sie den Raum verlassen hatte, drehte sich Brady zu dem Schweden um und erhob seine rechte Faust. »Falls Sie das noch mal versuchen sollten, dann...«

Carl schleuderte Brady seinen Bademantel ins Gesicht. »Ziehen Sie den an, aber ein bißchen plötzlich.«

Der Mann trug ein Golfhemd, ein weißes Jackett und passende Hosen. Brady betrachtete ihn zynisch. »Sie sehen richtig manierlich aus, Carl. Ich vermute, die Mädchen gehen für Sie durchs Feuer.«

Das Gesicht des Schweden überzog sich mit Zornesröte. Er ergriff Brady am Bademantelkragen, holte einen Spezial-

Revolver mit einem sehr kurzen Lauf aus seiner Tasche und schlug ihn in Bradys Gesicht. »Jetzt oder später, Brady. Das ist mir ziemlich gleich. Wenn Sie noch länger leben möchten, halten Sie Ihren Mund.«

Er stieß Brady durch die Tür in den Korridor und schob ihn durch den dunstigen Hauptraum mit den Kojen. Brady hatte die Zeit, während der er sich ankleidete, benutzt, um fieberhaft zu überlegen. Da der Schwede versucht hatte, ihn einzuschüchtern, gab es also nur noch eine Möglichkeit, diese Affäre zu beenden und heil aus der Klemme zu kommen.

Annes Lage bereitete ihm weit mehr Kopfzerbrechen als seine eigene. Während Carl ihn die Hintertreppe hinaufschob, mußte Brady an sie denken. Sie war hier allein und hilflos und wurde vielleicht sogar von Carl umsorgt.

Der Gedanke daran erfüllte ihn mit plötzlicher Wut, er verhielt seinen Schritt, aber der Schwede drückte ihm den Revolver ins Kreuz und herrschte ihn an: »Vorwärts!«

Mrs. Soames wartete in ihrem Büro am Ende des Korridors. Das Zimmer war außerordentlich elegant und modern eingerichtet, die Wände waren in einer blauen Pastellschattierung einer Seidentapete gehalten.

Der Schreibtisch hatte eine Platte aus dunklem Glas. Mrs. Soames saß auf der gegenüberliegenden Seite und rauchte. Die Zigarette hatte sie lässig im Mundwinkel in einer langen silbernen Zigarettenspitze, während sie selbst irgendwelche Papiere unterzeichnete.

Sie sah ihm ruhig entgegen, als er eintrat. »Sie sehen gut aus. Sehr gut! Carl, warten Sie draußen im Korridor!«

Der Schwede ging ohne Widerspruch hinaus, und sie lächelte Brady zu. »Ein guter Junge, der Carl. Manchmal ein wenig psychopathisch, aber die Patienten mögen ihn.«

»Sie haben hier einen schönen Betrieb«, meinte Brady.

Sie zuckte die Achseln. »Ich gebe meinen Patienten alles, was sie möchten. Alle meine Mädchen sind gelernte Masseusinnen und besitzen Diplome, falls man so etwas nachprüfen sollte. Niemand könnte hier an etwas Anstoß nehmen.«

Auf einem kleinen Beistelltisch stand eine Kaffeekanne, und Mrs. Soames füllte zwei Tassen davon ein. »Sahne und Zucker?«

»Beides«, antwortete Brady.

Sie schob ihm eine Tasse hinüber. »Aus welchem Teil der Staaten stammen Sie?«

Er erzählte es ihr und trank den Kaffee in großen Zügen. Er war gut – ja ausgezeichnet. Genußvoll schlürfte er an dem letzten Schluck und stellte dann die kostbare Tasse zurück. »Lassen Sie uns die höfliche Konversation beenden und zum Geschäft kommen. Warum wollen Sie mich tot sehen?«

Auch sie setzte ihre Tasse ab und steckte sich eine neue Zigarette an. »Aber ich will es ja gar nicht. Nicht einmal ein klein wenig.«

»Was ist dann mit Haras?« fragte Brady zurück. »Sie brachten ihn doch mit Das zusammen, nicht wahr?«

Sie schüttelte den Kopf und sagte dann langsam: »Ich habe niemals etwas von Haras gehört, bis Das mir davon am Telefon erzählte. Es war jemand anderes, der mich fragte, ob ich einen zuverlässigen Mann in Manningham hätte. Ein alter Freund übrigens.«

»Dann mußte also Haras mit dieser anderen Person in Verbindung gebracht werden, wenn ich richtig verstehe?«

»Ja, stimmt.«

»Und Sie haben natürlich nicht die Absicht, mir den Namen dieses bewußten Freundes zu nennen?«

»Nein, für den Augenblick nicht. Ich stehe noch mit dieser Person in Verbindung, aber sie hat mich gebeten, Sie für einige Zeit hier festzuhalten. Sie haben es also gar nicht schwer. Sie können hier die Dinge in aller Ruhe abwarten.«

»Dann ist es also eine Frau?«

»Ja. Sind Sie nun etwa erstaunt?«

»O nein, mich kann kaum noch etwas erstaunen.« Sein Kopf schmerzte ihn, und ihre Augen schienen plötzlich in schwarzen Höhlen in einem fahlen Gesicht zu liegen. Langsam fragte er sie: »Was ist mit Anne?«

»Ist das Ihre Freundin?« Sie zuckte die Achseln. »Machen Sie sich keine Gedanken. Ich habe eine gute Freundin in Port Said, die immer frische Talente benötigt.«

Kalter Ekel stieg in ihm auf. »Das werden Sie nicht wagen«, antwortete er.

Aufrichtig erstaunt gab sie ihm zurück: »Aber ich werde es. Es ist wirklich erstaunlich, wie schnell sich die eigensinnigsten Mädchen mit allem abfinden – wenn man nur die richtigen Methoden anwendet.«

»Sie verdammte Hexe!« schrie er, aber es kam ihm vor, als wenn ihm seine Stimme gar nicht mehr gehörte, sondern einem ganz anderen Menschen.

Er versuchte sich zu erheben, aber alle Kraft war aus seinem Körper gewichen.

Sie lächelte ihm zu. »Sie müssen sich fügen lernen, Brady. Sie werden einen langen, tiefen Schlaf haben.«

Ihre Stimme schien ihm von der anderen Seite der Hügel zu kommen, dann schlug er nach vorn und sackte auf dem Schreibtisch zusammen.

8

Er kehrte aus einem dunklen Brunnen von Finsternis in die Wirklichkeit zurück, und Qual und Schmerz drückten in seinem Kopf, als eine Hand ihm schwer ins Gesicht schlug. Er spürte keinen direkten Schmerz. Es war ihm, als ob ihm sein Körper nicht mehr gehörte. Die Geräusche schienen von weit über dem Wasser zu kommen. Trotzdem aber konnte er alles mit erschreckender Klarheit um sich herum verstehen.

»Wie geht es ihm?« fragte Mrs. Soames.

Carl lachte bösartig auf. »Wenigstens noch für einige Stunden gut.«

»Ich möchte wissen, was Sie eigentlich dann mit ihm vorhaben?«

Ihre Stimmen verklangen, und die Tür wurde geschlossen. Langsam öffnete Brady die Augen. Der Raum, in dem er sich befand, schien ihm voller Spinnweben zu sein – ungeheurer grauer Spinnweben, die sich von einer Wand zur gegenüberliegenden erstreckten und bedächtig auf und nieder wogten.

Er schloß die Augen wieder und holte tief Atem. Die Furcht in sich versuchte er zu besiegen. Als er die Augen wieder öffnete, waren die Spinnweben fast verschwunden.

Er lag in einem schmalen Bettgestell, das an der Wand des winzigen Zimmers stand. Eine abgedunkelte Lampe hing von der Decke herab, und die Vorhänge an den Fenstern waren zugezogen.

Vorsichtig hing er seine Beine über den Bettrand und

richtete sich für eine Weile erst einmal langsam auf, bevor er zu stehen versuchte. Er hatte einen schlechten Geschmack im Mund, und seine Zunge kam ihm ausgetrocknet und geschwollen vor. Was auch immer in dem Kaffee gewesen war, er war gut gewesen – zu gut.

Einen Moment lehnte er sich noch an das Bett, dann schlurfte er quer durch den Raum, stützte sich gegen die gegenüberliegende Wand, drehte sich um und ging wieder langsam zurück. Nach einer Weile verschwanden die Spinngewebe völlig, und plötzlich erschien ihm alles um ihn herum wieder völlig normal.

Die Tür war sicher verschlossen, und es gab nirgends ein Loch zum Entwischen. Er setzte sich wieder auf die Bettkante und überdachte seine Situation. Er hatte nicht mehr viel Zeit zur Verfügung, um sich zu schonen.

Jetzt hatte sicher schon die Polizeifahndung nach ihm in London begonnen. Er mußte unbedingt von hier fort. Doch dann erinnerte er sich an Mrs. Soames, an das, was sie über Anne gesagt hatte. Irgendeine Freundin in Port Said hatte sie erwähnt, die ständig frische Talente brauchte.

Er hatte zu lange im Mittleren Osten gearbeitet, um nicht diese Bemerkung richtig zu verstehen, allein schon die Drohung machte ihn wahnsinnig. Er ging zum Fenster und zog die Vorhänge zurück. Die Schiebefenster konnte er leicht betätigen und hinaussehen. Er befand sich im obersten Geschoß des Hauses, und der Garten lag etwa zwölf Meter entfernt nach links und war unmöglich zu erreichen.

Er schloß das Fenster wieder, ging zum Bett zurück und überdachte für einen Moment eine andere Möglichkeit. Dann stellte er sich an die Tür und hämmerte mit seinen bloßen Fäusten gegen sie.

Nach einer Weile vernahm er eilige Schritte den Korridor entlangkommen, und Carl rief ärgerlich: »Lassen Sie das, Brady, oder ich werde hereinkommen und Sie ein wenig massieren.«

Brady hämmerte aber nur mit erneuter Wucht gegen die Tür, und der Schwede schrie: »Gut, Sie wollen es nicht anders haben.«

Als sich der Schlüssel im Schloß drehte und die Tür sich öffnete, stemmte sich Brady mit all seiner Kraft gegen die Tür. Carl fluchte und drückte mit Wucht von der anderen Seite dagegen. Für wenige Augenblicke hielt ihn Brady so und sprang plötzlich zurück.

Die Tür schleuderte schmetternd auf. Carl flog durch den Raum und fiel mit dem Gesicht zu Boden. Der Revolver rutschte über das Linoleum. Er versuchte sich aufzurichten, aber Brady stürzte sich auf ihn und setzte ihm die Faust in den Magen. Mit einem Stöhnen sank Carl in sich zusammen, Brady hob den Revolver auf, verließ den Raum und schloß die Tür hinter sich.

Er stürzte die Stufen bis zum nächsten Treppenabsatz hinunter und fand sich dann auch sofort zurecht. Das Büro von Mrs. Soames lag am anderen Ende. Einen Moment stand er lauschend davor und drückte dann langsam die Klinke herunter.

Sie las irgendwelche Papiere, und eine kleine Lampe verbreitete ihren Schein über den Schreibtisch. Langsam schlich Brady ein paar Schritte vor und stand dann, sie anstarrend, im Schatten.

Irgendein sechster Sinn mußte sie gewarnt haben. Scharf blickte sie hoch und sah seltsam spröde in ihrer Hornbrille aus.

»Alle Achtung«, sagte er langsam.

Sie legte ihren Federhalter nieder und fragte langsam: »Was haben Sie mit Carl getan?«

»Oh, er fühlte sich etwas müde«, antwortete Brady. »Da verließ ich ihn, damit er schön und lange schlafen kann.«

Wie zufällig wollte sie eine Schublade öffnen, er aber richtete drohend den Revolver auf sie. »Noch eine Bewegung, und mein Revolver hier wird losgehen!«

Als sie jetzt sprach, war ihre Stimme ruhig, nur zwischen ihren Augen stand eine tiefe, schmale Falte. »Was wollen Sie also?«

»Das Mädchen soll herkommen.«

Sie steckte sich gelassen eine Zigarette an und schüttelte den Kopf. »Da kommen Sie aber zu spät, Brady. Sie ist bereits in London, an Bord der ›Kontoro‹, und sie werden in einer Stunde auslaufen.«

»Welches Spiel spielen Sie eigentlich?« fragte er langsam.

Sie zuckte die Achseln. »Oh, kein Spiel. Ich hatte Ihnen doch gesagt, daß ich sie unbedingt loswerden mußte; sie wußte zuviel.«

»Und auf diese Weise konnten Sie auch gleich noch ein Geschäft machen, nicht wahr?«

»Natürlich, und es gibt nichts, aber auch gar nichts, was Sie dagegen tun können!«

»Wirklich nicht?« Eiskalt war die Stimme Bradys und voller Drohung. Er machte einen Schritt vor und hielt ihr die Pistole wenige Zentimeter vor den Leib. »Falls das Schiff auslaufen sollte, bevor wir es erreichen, schieße ich Sie mit einer Kugel nieder, das verspreche ich Ihnen. Sie sind eine kräftige Frau, und es würde bestimmt hübsch lang dauern, bis ich Sie hinüberbefördert hätte.«

Für einen Moment verlor sie fast die Beherrschung. »Das würde Ihnen das Genick brechen.«

»Ich habe nichts mehr zu verlieren«, gab er zurück.

Langsam erhob sie sich. »Ich glaube nicht, daß ich sie noch zurückhalten kann. Ich habe von Kapitän Skiros schon meinen Anteil ausgezahlt bekommen. Und er freut sich schon auf ein gutes Geschäft in Port Said.«

»Wieviel haben Sie schon bekommen?«

»Fünfhundert!«

»Am besten, Sie holen es wieder hervor, aber ein bißchen plötzlich«, knurrte er, »die Zeit rennt nämlich.«

Sie ging zu einem Gemälde an der Wand, schob es zur Seite und öffnete einen kleinen Safe. Nach wenigen Minuten wandte sie sich um und hielt ein ganzes Banknotenbündel von Fünfhundert-Pfund-Noten mit einem Gummiband gebunden in der Hand. Er nahm ihr das Geld ab und steckte es sich in seine Jackettasche. »Jetzt werden wir also einen kleinen Trip machen. Ich habe draußen meinen Wagen stehen. Sie können chauffieren.«

»Und was geschieht, wenn wir das Schiff erreicht haben?«

Er zuckte die Achseln. »Das wird sich schon ergeben. Kommt Zeit, kommt Rat.«

»Skiros ist eine ziemlich harte Nuß, Brady«, meinte sie. »Er wird sich bestimmt nicht freundlich benehmen zu jemand, der versucht, ihm eins auszuwischen.«

»Alles, was ich von Ihnen will, ist, daß wir an Bord kommen«, herrschte er sie an. »Den Rest erledige ich.«

Als sie die Treppen hinunterstiegen, lag das Haus in völliger Ruhe. Mrs. Soames ergriff einen Mantel aus der Garderobe, und Brady nahm sich seinen Regenmantel. Durch den Seiteneingang verließen sie das Haus.

Der Regen fiel jetzt heftiger, und es sah durch das Licht der Laternen betrachtet aus, als ob er schräg aus den Wolken fiele. Sie gingen den kleinen Weg entlang und bogen in die Straße ein. Der Wagen stand noch dort. Brady schloß die Wagentür auf, und Mrs. Soames preßte sich mit ihrer massigen Gestalt hinter das Lenkrad.

Als er sich neben sie setzte, fragte sie ihn ruhig: »Was geschieht eigentlich, wenn uns die Polizei anhält?«

»Sie sollten besser beten, daß sie es nicht tut«, antwortete er. »Wenn sie mich bekommen, haben sie auch automatisch Sie. Das kann ich Ihnen versprechen.«

Sie zuckte die Achseln und legte ohne eine weitere Antwort den ersten Gang ein. Die Straßen waren verstopft von Fahrzeugen, und die Sicht war durch die frühe Dämmerung und den starken Regen behindert, aber sie fuhr ausgezeichnet, und sie erreichten den Hafen in kurzer Zeit.

Als sie zu den Docks kamen, wurden die Straßen ruhiger. Sie fuhren jetzt durch dunkle Straßenschluchten, die von großen, für die Nacht verbarrikadierten Lagerhallen gebildet wurden.

In einer schmalen Gasse brachte sie den Wagen unter einer Straßenlaterne und neben einer Toreinfahrt zum Stehen. Durch die eisernen Gitterstäbe konnte er auf den Fluß hinaussehen. Irgendwo rasselte eine Ankerkette, und eine Schiffssirene dröhnte schwach von weit flußabwärts.

»Von hier an müssen wir laufen«, erklärte sie.

Er stieg aus und ging um den Wagen herum, um in ihrer Nähe zu bleiben. Die große Toreinfahrt war versperrt, aber eine kleine Tür daneben ließ sich öffnen, und sie traten hindurch.

Das Häuschen des Portiers lag leer und dunkel vor ihnen.

»Wo steckt der Kerl?« fragte Brady.

Achselzuckend erwiderte sie: »Vermutlich dort, wo er immer steckt. In der Kneipe am Ende der Straße. Er wird uns nicht in die Quere kommen.«

Als sie um die Ecke des ersten Kohlenschuppens bogen, zog der Regen in einer dichten Wolke, vom Wind gejagt, über den Fluß. Brady senkte den Kopf, um dem Schlimmsten zu entgehen, und folgte ihr über die schwarzglänzenden Pflastersteine zu dem Schiff, das am Ende der Mole vertäut war.

Die »Kontoro« lag hell erleuchtet, vibrierte und summte leicht, vom Pulsschlag der tief im Schiffskörper verborgenen Maschinen. Der Wachmann lehnte über die Reling und starrte stumpfsinnig hinaus in den schweren Regen und zog gemächlich an einer Tonpfeife.

Mrs. Soames balancierte über die schlüpfrige Gangway, und Brady folgte ihr.

»Wer zum Kuckuck seid ihr denn?« fragte der Wachmann ungnädig.

»Ich bin eine Bekannte vom Kapitän«, erklärte sie. »Ich muß ihn sprechen, bevor ihr abfahrt. Es ist sehr dringend.«

»Von mir aus – macht, was ihr wollt«, brummte der Wachhabende achselzuckend. »Er steckt in seiner Kajüte. Aber ihr müßt euch schon beeilen, denke ich. In zwanzig Minuten lichten wir die Anker.«

Das Deck war voller Seeleute, die eilig hin und her liefen, Lukendeckel zuschlugen und das Schiff seefest machten. Unbeirrt drängte sich Mrs. Soames durch die Männer, ohne sich um deren rüde Bemerkungen und hämisches Feixen zu kümmern. Entschlossen stieg sie zum nächsten Deck empor. Brady folgte ihr.

Vor der Tür zur Kapitänskajüte blieb sie stehen und wandte sich zu Brady um. »Was nun weiter?« fragte sie.

»Sagen Sie ihm, daß Sie es sich anders überlegt hätten«, befahl ihr Brady.

»Gut, ich werde es versuchen.«

Als sie die Tür öffnete, saß Skiros gerade am Tisch in einer Ecke seiner Kajüte. Er drehte sich langsam nach ihnen um; er war groß und fett, sein stattlicher Bauch drängte sich gegen die Knöpfe seiner schon recht schäbigen Uniform. Er hielt gerade einen Federhalter in der Hand. Sein Gesicht mit dem Doppelkinn wirkte zunächst gutmütig und lustig; dieser Eindruck wurde jedoch aufgehoben durch den scharfen, stechenden Blick seiner kleinen Schweinsäuglein.

Der späte Besuch schien ihn zu überraschen. »Aber – mein liebes Professorchen, was führt Sie denn so schnell zu mir zurück?« fragte er. Sein Englisch war gut und besaß nur eine Spur Akzent.

Mrs. Soames zwang sich zu einem Lächeln. »Es hat sich etwas ereignet, Skiros«, erklärte sie. »Etwas sehr Wichtiges! Ich fürchte, wir müssen unser kleines Geschäftchen wieder rückgängig machen.«

Das Lächeln im dicken Gesicht des Kapitäns verschwand noch nicht, aber seine Augen wurden kalt und hart.

»Das ist unmöglich, verehrte Freundin. Das Geschäft ist abgeschlossen; Sie haben von mir Geld bekommen, und ich habe das Mädchen; also sollte jeder von uns zufrieden sein.«

»Nicht ganz«, unterbrach ihn Brady ruhig. »Unsere liebe Professorin hat sich leider geirrt. Die Ware gehörte nicht ihr; sie durfte sie nicht verkaufen.« Bei diesen Worten holte er das Banknotenbündel aus seiner Tasche und warf es auf den Tisch.

Skiros begann zu lachen, wobei seine Augen fast hinter seinen Fettwülsten verschwanden.

»Ihr Freund ist wirklich ein lustiger Bursche«, sagte er krächzend zu Soames. »Glaubt er etwa, ich würde das Mädchen für das gleiche Geld wieder hergeben, für das ich es gekauft habe? Dann hätte ich ja bei der Transaktion nicht das geringste verdient! In meiner Heimat schließt man keine derartigen Geschäfte ab.«

»Wir in unserer Heimat schließen überhaupt nicht derartige Geschäfte ab. Wir sind an solche Transaktionen, wie Sie sich auszudrücken belieben, nicht gewöhnt, und deshalb müssen Sie mein schlechtes Benehmen entschuldigen.« Brady holte bei diesen Worten den Revolver aus der Manteltasche und spannte den Hahn.

»Dieses Ding kann leider recht leicht losgehen, Meister. Und es wird todsicher knallen, wenn Sie nicht innerhalb von zehn Sekunden jenes Mädchen herbeischaffen.«

Die Augen des Griechen wurden steinhart. »Sie befinden sich auf meinem Schiff, umgeben von meinen Leuten«, erwiderte er. »Sie werden alle das tun, was ich befehle.«

»Falls Sie es noch nicht gemerkt haben sollten: Sie haben in der letzten Zeit Fett angesetzt«, sagte Brady ruhig. »Es würde gar nicht einfach sein, an Ihnen vorbeizuschießen.«

»Wenn ich Sie wäre, würde ich das tun, was er will«, fiel Mrs. Soames eilig ein. »Er meint jedes Wort, wie er es sagt, glauben Sie mir!«

Skiros seufzte, legte seinen Federhalter nieder und holte einen Schlüsselbund aus der Schublade. »Ich beuge mich Ihrer Scharfsichtigkeit, werte Freundin. Sie werden verstehen, daß die Bedingungen für unser nächstes kleines Geschäft einer neuen Regelung bedürfen. Es müßte mich wenigstens für den jetzigen Verlust, dem entgangenen Profit und für die beträchtliche Unruhe, die Sie mit sich brachten, entschädigen.«

Er ging auf die Tür eines kleines Verschlages in seiner Kabine zu und schloß sie auf. »Komm heraus!« sagte er scharf und trat zur Seite.

Anne Dunning erschien in der Tür. Ihre Schultern waren gebeugt; sie wirkte wie an Leib und Seele gebrochen. Ihr Gesicht war beschattet, so daß die Knochen deutlich hervortraten, die Augen lagen tief in ihren Höhlen, und ihre Hand, mit der sie eine Haarsträhne zurückstrich, zitterte leicht.

Dann erblickte sie Brady, und der Schock, den sie dadurch erlitt, raubte ihr alle Kräfte. Sie stieß einen langen stöhnenden Seufzer aus und taumelte vorwärts, in seine Arme.

Ihr zierlicher Körper begann unkontrolliert zu zittern und zu zucken. Er hielt sie mit einer Hand fest und versuchte, sie zu beruhigen. »Fassen Sie sich doch, Anne! Es ist ja alles gut; kein Grund mehr zur Aufregung! Ich werde Sie hier herausholen.«

Sie nickte mehrmals, war jedoch unfähig zu antworten. Brady schaute kalt zu Skiros hinüber.

»Was haben Sie mit ihr gemacht?«

Zum erstenmal ließ Skiros so etwas wie Unruhe erkennen. »Nichts haben wir mit ihr gemacht, das versichere ich Ihnen, mein Freund. Niemand hat ihr auch nur ein Haar gekrümmt!«

»Ich gab ihr eine Spritze heute nachmittag, um sie ruhig zu halten«, unterbrach Mrs. Soames. »Bei manchen Leuten zeigt die Spritze gewisse Nachwirkungen. Es ist aber nichts Ernsthaftes. Das einzige, was sie braucht, ist Schlaf!«

»Ist das wahr, Anne?« fragte Brady. »Hat dieser Verbrecher Sie bestimmt nicht angerührt?«

Sie schüttelte schwach den Kopf. Brady wandte sich beruhigt an Mrs. Soames.

»Also gut, wir wollen Ihrem Rat folgen. Sie werden jetzt zuerst mit dem Mädchen hinausgehen. Skiros und ich bilden die Nachhut. Wenn einer von Ihnen eine falsche Bewegung macht, muß der Käpt'n es büßen. Habe ich mich verständlich ausgedrückt?«

Skiros zuckte resigniert die Achseln und griff nach seiner Mütze.

»Wie weit müssen wir laufen?«

»Nur bis zum Hafentor«, antwortete Brady. »Wir haben dort einen Wagen stehen.«

»Ich sehe, Sie sind ein sehr vorsorglicher Mann«, bemerkte Skiros, und auf seinem Gesicht erschien sogar so etwas wie ein Lächeln.

»Jawohl. Wenn wir uns schon an der Gangway trennen würden, hätte ich Ihre Mannschaft auf den Fersen, bevor wir nur die Mole halb hinter uns hätten! Das wissen Sie, und ich weiß es auch. Aber genug der Rede; vorwärts!«

Die Soames ging als erste und stützte Anne leicht mit ihrem muskulösen Arm. Dann folgte Skiros, und Brady machte den Schluß. Er hatte den Revolver in der Manteltasche auf den Kapitän gerichtet und hielt den Finger am Drücker; aber es zeigte sich, daß das nicht nötig war. Während sie oben auf dem Deck durch die arbeitende Mannschaft hindurchschritten, die Köpfe auf merkwürdige Weise hoch erhoben, benutzte Skiros nicht die Gelegenheit, seinen Leuten ein Zeichen zu geben. An der Gangway schlug er statt dessen dem Wachmann auf die Schulter und lächelte ihm zu.

»Keine Angst, ich gehe mit meinen Freunden nur bis zum Tor da vorn. Weiter alles seeklar machen. Sobald ich zurück bin, legen wir ab.«

Anschließend sprach niemand mehr von der kleinen Gesellschaft ein Wort, bis sie das Hafentor erreicht hatten. Brady gab Mrs. Soames die Wagenschlüssel; sie schloß auf und setzte Anne auf den Rücksitz. Als dies erledigt war, kletterte sie hinter das Lenkrad und wartete.

»Darf ich jetzt gehen?« fragte der Grieche.

Brady nickte zustimmend. »Ich habe nichts mehr dagegen.«

Skiros lächelte, und im Licht der Straßenlaterne nahm sein Gesicht einen fast freundlichen Ausdruck an.

»Das Leben ist ein Karussell – es dreht sich ununterbrochen im Kreise, mein Freund. Wir werden uns bestimmt noch einmal begegnen, und dann...«

»Das ist kaum wahrscheinlich«, unterbrach ihn Brady. »Wir leben in völlig verschiedenen Welten. Sie sollten den heutigen Fall als wertvolle Erfahrung ansehen und es dabei belassen.«

Er kletterte neben Mrs. Soames in den Wagen; sie legte den Gang ein und fuhr an. Als sie am Straßenende mit der Geschwindigkeit herunterging, um nach rechts abzubiegen, drehte Brady sich noch einmal um und schaute durch das Rückfenster. Der Grieche stand noch immer unter der Laterne und starrte ihnen nach.

»Sie haben wirklich feine Bekannte«, sagte Brady sarkastisch und steckte sich eine Zigarette an.

Sie fuhren die Aldgate entlang, und Mrs. Soames brachte schließlich auf der gegenüberliegenden Straßenseite vor der U-Bahn-Station den Wagen zum Stehen.

»So, mein Verehrtester, Sie haben Ihre Freundin zurückhaben wollen, und der Wunsch ist Ihnen erfüllt worden«, erklärte sie. »Wenn Sie nichts dagegen haben, werde ich Sie jetzt hier absetzen. Wir sind dann quitt miteinander!«

»Noch nicht ganz«, sagte Brady schnell. »Ich erinnere mich nämlich, daß ich eigentlich einen Namen von Ihnen wissen wollte! Erinnern Sie sich nicht auch?«

Sie starrte ihn eine Weile haßerfüllt an, doch dann gab sie ihren Widerstand auf.

»Ich wünschte, ich hätte Sie niemals gesehen... Die Person, nach der Sie mich gefragt haben, heißt Jane Gordon. Sie besitzt eine Wohnung im Carley Mansions in der Baker Street.«

»Und was macht sie?«

Mrs. Soames zuckte resigniert die Achseln. »Ich weiß nicht. Sie hatte sich vor einigen Tagen mit mir in Verbindung gesetzt und erklärt, daß ein Freund von ihr einen vertrauenswürdigen Mittelsmann in Manningham suche – einen Mittelsmann, der vor allem den Mund halten könnte. Da ich ihr von früher her verpflichtet war, nahm ich den Auftrag an und wies sie an Das.«

»Aber es war doch Haras, der nach Manningham fuhr und Das die Instruktionen gab«, bohrte Brady weiter.

»Ja. Jane wollte, daß die Angelegenheit auf diese Weise betrieben würde«, entgegnete Soames. »Aber mich ging das alles nichts an. Als Sie jedoch heute morgen auftauchten und in meinem Haus herumschnüffelten, setzte ich mich telefonisch mit ihr in Verbindung. Ich sagte ihr, daß ich Sie hinter Schloß und Riegel habe. Da bat sie mich, Sie noch einstweilen zu verwahren, da sie, wie sie mir erklärte, sich erst noch mit jemand anders in Verbindung setzen müßte – mit einer wichtigen Persönlichkeit. Sie versprach, mich heute abend um sechs Uhr wieder anzurufen; aber das ist ja schon vorbei.«

»Carley Mansions in der Baker Street«, wiederholte Brady gedankenvoll. Dann griff er an ihr vorbei und hielt die Tür auf. »Wenn Sie mir nicht die Wahrheit gesagt haben, werden Sie mich bald wiedersehen!«

»Was ich Ihnen gesagt habe, ist Wort für Wort wahr, mein Freund«, erklärte sie. »Ich habe längst genug von Ihnen und möchte Sie bis zu meinem Lebensende nicht wiedersehen!«

Sie kletterte hinaus auf den Bürgersteig und ging direkt auf den Eingang der U-Bahn-Station zu, ohne noch einmal zurückzuschauen. Brady steckte sich eine Zigarette an und beobachtete sie. Sein Gesicht war nachdenklich. Dann wandte er sich an Anne, die mit geschlossenen Augen auf dem Rücksitz saß.

»Fühlen Sie sich jetzt besser?«

Sie öffnete die Augen und nickte schwach. »Es geht mir ganz gut, danke. Ich bin nur so müde; ich glaube, ich könnte eine ganze Woche lang schlafen; das ist alles!«

»Ich muß noch etwas erledigen, bin aber in wenigen Minuten wieder zurück; dann werde ich Sie sofort nach Hause bringen!«

Er kletterte aus dem Wagen und ging ebenfalls auf den Eingang der U-Bahn-Station zu. In der Halle befand sich eine Anzahl von Telefonzellen. In der letzten Zelle der Reihe stand Mrs. Soames und sprach aufgeregt in den Hörer hinein. Brady beobachtete sie einen Moment mit gerunzelter Stirn. Dann drehte er sich um und eilte zurück zum Wagen.

Daß sie sich mit Jane Gordon in Verbindung setzen würde, war für ihn eine Chance, die er ergreifen mußte. Es bedeutete lediglich, daß er jetzt noch schneller handeln mußte...

Trotz des elenden Wetters war der Verkehr in Westend genauso stark wie üblich, und er brauchte mehr Zeit, um nach Kensington zu kommen, als er eigentlich gerechnet hatte. Es war schon fast acht Uhr, als er endlich auf dem ruhigen Platz vor Annes Haus den Wagen parken konnte.

Anne hing ihm wie ein schweres Gewicht am Arm, als er die Treppe zu ihrer Wohnung emporstieg. Die Wirkung der Droge schien sich noch verstärkt zu haben. Er trug sie in ihr Schlafzimmer und streifte der halb Bewußtlosen schnell die Kleider vom schlanken Körper.

Anne erschauerte leicht unter dem kühlen Luftzug, der vom offenen Fenster her wehte. Brady schlug die Decken zurück und legte Anne ins Bett. Ihr Haar fiel breit über das weiße Kissen und bildete einen dunklen Strahlenkranz um ihr Gesicht. Sie stöhnte einmal leise auf; da beugte er sich nieder und küßte sie. Dann verließ er leise das Zimmer.

Im Handschuhkasten des Wagens hatte er einen Stadtplan von London liegen, auf dem er die Baker Street sehr schnell fand. Mit dem Wagen würde er nicht länger als fünfzehn Minuten brauchen. So stürzte er sich denn in den Verkehr, fuhr an den Kensington Gardens vorbei und kam hinaus auf die Bayswater Road. Ein unbestimmter Instinkt befahl ihm, den Wagen in der Nähe der U-Bahn-Station Bond Street zu parken; den Rest des Weges ging er dann zu Fuß.

Carley Mansions war ein imponierender Häuserblock mit hübschen modernen Wohnungen, an der Ecke Baker Street und Marylebone Road gelegen. Das Haus sah sehr vornehm aus. Im Eingang hing ein seriöses Goldglas-Schild mit den Namen der Bewohner. Miss Jane Gordon hatte die Wohnung Nr. 8 im vierten Stock.

Im Hausflur saß hinter einem Glasfenster ein uniformierter Portier und schmökerte in einer Illustrierten. Während Brady ihn noch durch die Scheibe der Haustür musterte, läutete plötzlich das Telefon; der Portier nahm den Hörer auf und drehte sich schwerfällig um. Er lehnte dabei mit dem Rücken gegen den Schalter und konnte den Eingang nicht übersehen.

Brady zögerte nicht eine Sekunde. Er stieß die schwere Glastüre auf, schlich sich lautlos über den dicken Läufer im Flur und stieg rasch die Treppe empor.

Auch das Innere des Hauses und seine Einrichtung wirkten brandneu, und die Geräuschdämpfung war perfekt. Die Ruhe, die hier herrschte, erschien ihm fast unnatürlich, während er in den vierten Stock emporstieg.

Die Wohnung Nr. 8 war die letzte auf dem Korridor. Brady klopfte leise an die Tür und wartete. Zunächst erhielt er keine Antwort. Er klopfte wieder und versuchte dann den Drücker. Die Tür ließ sich ohne Schwierigkeiten öffnen.

In der Wohnung brannten alle Lampen, aber kein Mensch war zu sehen. Mehrere breite Stufen führten hinab in einen luxuriös eingerichteten Raum, dessen eine Seite ganz aus Glas bestand und einen wundervollen Ausblick auf London gewährte.

Durch das Servierfenster konnte Brady die Küche sehen. Sie lag in der Dunkelheit, aber die Schlafzimmertür stand einen Spaltbreit offen, und dort brannte Licht.

Als erstes fiel ihm ein Schuh auf, der in der Mitte des Zimmers auf dem Teppich lag. Er war schmal und wirkte sehr teuer. Der hohe, dünne Absatz sah merkwürdig leblos aus...

Als nächstes erblickte er dann ihren Körper. Sie lag, mit dem Gesicht auf dem Fußboden, am Ende ihres Bettes. Die

Kleidung war ihr halb vom Leibe gerissen; eine ihrer schlanken Hände hatte sich in den Teppich gekrallt. Irgend jemand hatte sie von hinten zweimal aus allernächster Nähe in den Rücken geschossen. Nach dem Aussehen der Wunden zu schließen mußte es eine großkalibrige Pistole gewesen sein.

Sie war erst ganz kurze Zeit tot, soviel war deutlich zu sehen. Ein schwacher Pulvergeruch hing noch immer in der Luft. Brady seufzte schwer auf, kniete sich dann nieder und drehte sie um. Der Anblick ihres Gesichtes versetzte ihm förmlich einen Schlag in die Magengrube – und zwar einen Tiefschlag, der ihm für einige Sekunden allen Atem raubte, denn dieses Mädchen war nicht Jane Gordon!

Dies hier war die Frau, die er nur für so kurze Zeit unter dem Namen Marie Duclos kennengelernt hatte! Es war die Frau, deren wundenbedeckten Körper er zum letztenmal im Schlafzimmer ihrer Wohnung in Chelsea gesehen hatte! Es war die Frau, die er angeblich ermordet haben sollte, und wegen der er zum Tode verurteilt worden war!

Für einen kurzen, schrecklichen Augenblick glaubte er den Verstand zu verlieren, aber dann dämmerte ihm ganz plötzlich die Wahrheit, oder jedenfalls ein Teil davon – wenn ihm auch noch nicht alle Zusammenhänge klar waren.

Er richtete sich wieder auf und wollte aufstehen, doch da spürte er plötzlich eine leise Bewegung hinter sich. Er wollte sich umdrehen und den Revolver aus der Tasche ziehen, da erhielt er einen starken Schlag in den Nacken, und mit einem unterdrückten Schmerzensschrei fiel er nach vorn auf das Gesicht.

9

Als Brady die Augen wieder aufschlug, lag er noch immer auf dem Fußboden. Nur ein Attribut war neu zur Szene hinzugekommen: In seine rechte Hand hatte jemand eine Pistole mit einem Schalldämpfer gequetscht!

Dieser Gegenstand kam ihm sofort bekannt vor, sogar sehr bekannt. Es war die Pistole, mit der Anton Haras in Manningham versucht hatte, ihn zu erschießen!

Er konnte nicht länger als höchstens fünf Minuten bewußtlos gelegen haben, soviel war klar. Er rappelte sich auf die Füße, setzte sich auf die Bettkante und massierte sich die Nackenmuskulatur.

Was für ein Narr er gewesen war, was für ein blinder, stumpfsinniger Narr! Der frische Pulvergeruch in der Luft hätte ihn warnen müssen! Vielleicht waren die tödlichen Schüsse erst abgefeuert worden, als er schon die Treppe emporstieg, und dann war er vertrauensselig in die Wohnung hineinmarschiert wie ein Lamm zu seinem Schlächter!

Eines war jedenfalls sicher: Wenn die Polizei ihn hier erwischte, war er erledigt. Und genau das war offensichtlich die Absicht von Haras. Diesmal würde ihm, Brady, die Todeszelle sicher sein, bis zum bitteren Ende an irgendeinem kalten, grauen Morgen.

Der Raum war jetzt in wilder Unordnung. Das unterste war zuoberst gekehrt, Schubläden waren aufgezogen, Kleidungsstücke lagen überall verstreut. Es war kaum wahrscheinlich, daß der Ungar etwas übersehen hatte, was ihn belasten könnte.

Brady riß sich zusammen und ging schnell hinüber in das andere Zimmer. Als er die Stufen zur Eingangstür der Wohnung hinaufstieg, blieb er noch einmal stehen. Über einen Stuhl hing der Regenmantel einer Frau, und darunter lag eine Handtasche. Offensichtlich hatte die Wohnungsinhaberin vorgehabt, auszugehen. Vielleicht hatte nur die Ankunft von Haras sie davon abgehalten.

Schnell schüttete Brady den Inhalt der Handtasche auf den Fußboden und breitete ihn mit einer Hand auseinander. Er fand ein paar Banknoten, einige Münzen, Lippenstift, Puder und Wagenschlüssel. Unter diesen Nichtigkeiten fand sich aber auch ein Brief, der vor kurzem erst geöffnet worden war und der auf seiner Briefmarke den Stempel vom gleichen Tag trug. In einer säuberlichen, etwas eckigen Schrift war er adressiert an Miss Jane Gordon, Carley Mansions, Baker Street. Brady holte den Bogen aus dem Umschlag und überflog ihn rasch.

Das Schreiben war so kurz wie nur möglich:

»Liebe Jane, ich hoffe, Dich heute abend zu sehen. Von neun Uhr an werde ich frei sein. Deine Dich liebende Mutter.«

Was jedoch Bradys besonderes Interesse erweckte, war der gedruckte Briefkopf. Er lautete: »2 Edgbaston, Square, Chelsea«.

Mary Duclos hatte in Edgbaston Gardens gewohnt, das war in unmittelbarer Nachbarschaft von Edgbaston Square; was hatte das alles wohl zu bedeuten?

Für einen Augenblick tauchte plötzlich wieder jene Straße mit ihren schmalen viktorianischen Häusern, mit dem Friedhof und der Kirche in seiner Erinnerung auf, und etwas Elementares regte sich in ihm und ließ ihm die Haare im Nacken sich sträuben. Es war ihm, als ob er plötzlich Angst empfände – eine Angst, an jenen Ort zurückzukehren.

Mit einem zornigen Lachen schüttelte er schließlich dieses Gefühl ab und öffnete die Tür. Was auch immer geschehen war, er mußte dorthin zurückkehren; es blieb ihm keine andere Wahl.

Als er wieder in den Hausflur hinunterkam, war der Portier noch immer in seine Illustrierte versunken. Brady ging schnell an ihm vorbei zur Haustür und war bereits in der Dunkelheit verschwunden, als der Mann aufschaute.

Während Brady den Bürgersteig entlangeilte, schrillte hinter ihm eine Sirene durch die Nacht, und ein Polizeiwagen fegte von der Marylebone Road her um die Ecke. Vor dem Carley Mansions kam er zu stehen.

Brady ging unbeirrt weiter und beschleunigte nur etwas seine Schritte. Ein paar Minuten später wurde er vom starken Verkehr verschluckt, stieg in seinen Wagen und fuhr davon.

Die Luft roch nach Nebel, nach jenem typischen Londoner Nebel, der gelblich und drohend von der Themse aufsteigt und die gesamte Stadt in seine Wattewolken einhüllt.

Dieser Umstand kam Brady jedoch nicht ungelegen; er erleichterte ihm vielmehr manches von seinem Vorhaben...

Er kam an einem Verkehrspolizisten vorbei, der an einer Kreuzung den Verkehr regelte. Die Nässe tropfte an seinem Cape herunter. Brady mußte bremsen, um die Vorfahrt freizugeben, dann winkte ihn der Polizist weiter. Brady konnte sich ein Grinsen nicht verkneifen. Wie hatte doch Joe Evans immer gesagt? Der beste Platz, um sich vor der Polizei zu verstecken, ist direkt unter der Nase eines Polizisten!

Wahrscheinlich würde man alle auslaufenden Schiffe jetzt besonders stark überwachen, da man sicher annahm, daß er versuchen würde, wieder zurück in die Staaten zu gelangen. Er bog auf den Sloane Square ein und hielt kurz darauf auf der Uferpromenade an der gegenüberliegenden Seite von jener Stelle, wo seine ganze Geschichte begonnen hatte.

Wieder stand er unter jener Straßenlaterne, steckte sich eine Zigarette an und starrte hinunter auf den Fluß, und für einen winzigen Augenblick lang schien die Zeit keine Bedeutung zu haben, schien stehengeblieben zu sein.

Schließlich drehte er sich um, überquerte die Straße und schritt auf dem gegenüberliegenden Bürgersteig durch den dichter werdenden Nebel. Von den Bäumen klatschten Regentropfen in traurigem Rhythmus; die meisten Blätter waren schon abgefallen... An der Straßenecke blieb Brady stehen und schaute zu dem alten, blau-weiß emaillierten Straßenschild mit dem Namen »Edgbaston Gardens«; dann ging er entschlossen weiter.

Die Straßenarbeiten, die ihm damals auffielen, waren längst beendet. Das bewußte Haus lag ganz in Dunkelheit; alle Fensterläden waren verschlossen. Brady starrte an der Hausfront hinauf und durchkramte seine Erinnerungen nach den Ereignissen, die an jenem Abend hier vorgefallen waren. Er sah noch einmal die Menschenmenge, die sich gegen den Zaun drängte; er sah sich selbst, wie er sich, ein gehetztes Wild, mit dem Rücken an der Wand verteidigte, als sie gegen ihn andrängten. Es war damals der Beginn eines endlos langen Alptraumes gewesen...!

Er ging durch das Tor des Friedhofs, der still und wartend dalag, und überquerte ihn. Die Kirche lag etwas seitab in einem Winkel. Aus einer Vorahnung heraus wußte Brady, was er finden würde, wenn er in die nächste Straße einböge und die Namensschilder lesen würde. Edgbaston Square Nr. 2 war tatsächlich das erste Haus neben der Kirche.

Er stieg die wenigen Stufen zur Haustür empor. Unter dem Vordach brannte eine Lampe; eine hübsche Karte in einem schwarzen Metallrahmen trug die Aufschrift: »Madame Rose Gordon – Beratungen nur nach vorheriger Anmeldung«.

Ein paar Meter weiter parkte ein Wagen am Straßenrand. Als sich Brady umdrehte, um sich das Auto genauer anzusehen, hörte er Schritte im Innern des Hauses. Er huschte schnell die Stufen hinunter und versteckte sich seitlich im Schatten.

Die Tür ging auf, und eine Frau in einem Pelzmantel trat heraus unter das Vordach. Sie drehte sich noch einmal um und sprach zu einer Person, die für Brady unsichtbar im Haus zurückgeblieben war.

»Sie haben mehr für mich getan, als ich es ausdrücken kann, meine verehrte Madame Rose! Das werde ich bestimmt nie vergessen! Ich kann es kaum erwarten, Sie nächste Woche wieder aufsuchen zu dürfen!«

Die Erwiderung hierauf konnte Brady nicht verstehen; dann wurde die Tür geschlossen, die Frau im Pelzmantel stieg die Stufen hinab und setzte sich in den Wagen. Einen Augenblick später war sie davongefahren.

Eine Minute blieb Brady noch im Schatten stehen und schaute an der Hausfront hinauf. Er überdachte seine Beobachtung, dann drehte er sich um, ging an der Kirche entlang zurück und trat durch das Hauptportal wieder auf den Friedhof.

Die hohen Fenster der Kirche leuchteten in der Nacht, von innen schwach erhellt, in allen Farben des Regenbogens. Die

Farbtöne verschwammen jedoch unbestimmt wie auf einem impressionistischen Gemälde. Schwach drang das Spiel der Orgel heraus in die Nacht. Der Kirchturm war in ein feines Netzwerk von Stahlgerüsten eingesponnen. Brady bog um einen Haufen von Bauschutt und ging, ohne sich aufzuhalten, zur Rückseite der Kirche.

Den Garten, der zu Madame Roses Haus gehörte, fand er ohne große Schwierigkeiten. Er war vom Kirchhof durch eine fast zwei Meter hohe Steinmauer getrennt, in die seitlich am einen Ende eine kleine, schmale Holztür eingelassen war.

Diese Tür war natürlich verschlossen. Brady versuchte sich eine Weile vorsichtig an ihr, drehte sich aber, als alles vergeblich blieb, wieder um und suchte sich seinen Weg zwischen den Grabhügeln hindurch zur anderen Seite. Als er sich dem Garten des Hauses der Marie Duclos von der Rückseite her näherte, fragte ihn eine ruhige Stimme plötzlich: »Entschuldigen Sie, kann ich irgend etwas für Sie tun?«

Brady fuhr herum. Im schwachen Schimmer eines Lichtstrahles, der aus einem kleinen Seitenfenster der Kirche herausdrang, erkannte er einen alten, weißhaarigen Mann in einem abgetragenen Tweedjackett, der um den Hals einen steifen weißen Priesterkragen trug.

Nachdem sich Brady gefaßt hatte, zwang er sich zu einem Lächeln und trat auf den Alten zu.

»Ich weiß, es wird Ihnen vielleicht etwas verrückt vorkommen, aber um Ihnen die Wahrheit zu sagen: Ich suche nach einem Grabstein! Soweit ich mich noch erinnere, hat man mir erzählt, daß mein Urgroßvater hier irgendwo auf diesem Friedhof begraben liegen soll!«

»Ah, ein Amerikaner«, bemerkte der Pfarrer freundlich. »Nun, ich glaube, Sie werden heute abend nicht mehr viel

Glück haben. Kommen Sie lieber morgen wieder! Morgen vormittag werde ich ebenfalls hier sein, und ich könnte dann im Kirchenbuch für Sie nachschauen! Wirklich, das würde ich sehr gern für Sie tun.«

Brady versuchte, den Ton aufrichtigen Bedauerns zu treffen: »Es ist so schrecklich nett von Ihnen, sich opfern zu wollen, aber leider muß ich morgen schon zurückfliegen!« Dann lachte er kurz auf. »Na, jedenfalls habe ich die Kirche gesehen, und das ist ja auch schon etwas wert.«

»Sie ist doch sehr hübsch, nicht wahr?« fragte der alte Pfarrer, und in seiner Stimme klang echte Begeisterung mit. »Sie wurde natürlich während des Krieges von Bomben beschädigt; und das ist auch der Grund, weshalb die Gerüste um den Turm aufgebaut sind. Wir konnten die Reparaturen nicht länger aufschieben; aber es sind noch viele interessante Einzelheiten an ihr zu sehen.«

»Es ist zu schade, daß ich nicht länger bleiben kann«, erklärte Brady. »Ich hätte mich zu gern von Ihnen führen und leiten lassen.«

»Oh, ich fürchte, das wäre ohnehin nicht gegangen«, erwiderte der Pfarrer. »Seit dem Bombenangriff ist die Kirche so baufällig, daß wir nicht einmal das Risiko eines Gottesdienstes auf uns genommen haben. Ich predige jetzt in einer anderen Kirche, die nicht allzu weit entfernt von hier ist, aber ich halte es für meine Pflicht, von Zeit zu Zeit einmal herzukommen, die Orgel aufklingen zu lassen und sonst noch nach dem Rechten zu sehen.« Er seufzte schwer auf. »Ich hoffe, die Bauleute werden in den nächsten Tagen an dieser Seite fertig!«

»Ich habe da in der Mauer eine Tür gesehen, die in den rückwärtigen Garten eines Hauses führt«, sagte Brady. »Liegt dort drüben das Pfarrhaus?«

Der alte Mann schüttelte verneinend den Kopf. »Nein, jenes Haus war immer das Haus des Küsters.« Dann wies er zu dem Gebäude in Edgbaston Gardens. »Dort drüben, das war das Pfarrhaus.«

Brady versuchte, seine Stimme ganz leidenschaftslos klingen zu lassen: »Ich habe da vorhin in einem Wirtshaus an der Ecke ein Glas getrunken und nach dem Weg hierher gefragt. Dabei erzählte mir der Wirt, daß hier in der Umgebung der Kirche vor einigen Monaten ein schrecklicher Mord begangen worden sei?«

»Ja, das stimmt leider«, antwortete der Pfarrer. »Es war eine schreckliche Geschichte. Das Opfer war eine junge Frau, die die obere Wohnung im alten Pfarrhaus bewohnte. Es war ganz entsetzlich!«

»Das glaube ich Ihnen gern«, bestätigte Brady. Dann drehte er sich um und schaute hinüber zu jenem Haus, um das sich ihr Gespräch drehte. »Übrigens fällt mir etwas auf: Der Küster hatte durch seine Gartenpforte zur Kirche einen ganz kurzen Weg; nicht aber Sie von Ihrem Pfarrhaus aus. Das kommt mir sehr ungewöhnlich vor.«

»Oh, ich hatte auch eine Gartenpforte«, versicherte der Pfarrer. »Sie werden sie in der Dunkelheit übersehen haben, und in der Tat muß man selbst am Tage zweimal hinsehen, um sie zu entdecken. Die Pforte ist in den Zaun am Ende des Gartens eingelassen. Ich habe vor kurzem erst gesehen, daß sie fast völlig von Rhododendronbüschen verwachsen ist. Wahrscheinlich wurde sie seit Jahren nicht mehr benutzt.«

»Ah, das erklärt manches.« Sie waren unterdessen um die Kirche herumgegangen und standen wieder vor der Vorderfront. Brady schlug seinen Kragen hoch, um sich vor einem überraschenden Regenschauer zu schützen.

»Ich glaube, ich habe jetzt Ihre Zeit über Gebühr lange beansprucht. Ich muß nun wirklich gehen.«

Der Pfarrer lächelte freundlich. »O bitte, es ist mir ein Vergnügen gewesen, mich mit Ihnen zu unterhalten. Es tut mir nur leid, daß Sie keine Zeit mehr haben, morgen noch einmal zurückzukommen!«

Nachdem er sich verabschiedet hatte, schritt Brady schnell den Weg zum Tor entlang. Hinter ihm ging die Kirchentüre auf und wurde dann wieder geschlossen. Als er auf den Edgbaston Square einbog, fiel der Regen wieder sanft und stetig im trüben, gelblichen Schimmer der Straßenlaternen. Brady stieg erneut die Stufen zum Haus Nr. 2 empor, drückte den Klingelknopf und wartete.

Von innen schlurften Schritte über den Korridor, und durch die Milchglasscheibe konnte er einen Schatten sich nähern sehen. Die Türklinke wurde heruntergedrückt, die Tür öffnete sich ein paar Zentimeter, und eine alte Frau schaute heraus und musterte ihn.

Ihr Haar war in einem festen, altmodischen Knoten zurückgebunden. Das Gesicht war runzlig und wirkte uralt; auf jeder Seite hingen lange Ohrringe herunter. Er hatte dieses Gesicht schon einmal gesehen, wie es hinter der Tür im Erdgeschoß des Hauses von Marie Duclos hervorspähte, in jener Nacht, als Marie angeblich ermordet wurde.

Brady blieb zunächst noch im Schatten stehen.

»Madame Rose?« fragte er.

Sie nickte zustimmend. »Das bin ich.« Ihre Stimme war alt und merkwürdig leblos, wie trockenes Laub, in dem abends der Wind flüsterte.

»Könnten Sie vielleicht ein paar Augenblicke Ihrer kostbaren Zeit für mich erübrigen?«

»Möchten Sie die Sterne befragt haben?«

Er nickte und erwiderte: »Ja, das möchte ich. Man hat mir gesagt, daß Sie das Horoskop stellen.«

»Ich nehme nur Kunden an, die auf Empfehlung kommen, junger Mann«, erwiderte sie. »Ich muß vorsichtig sein. Die Polizei ist in diesen Dingen sehr streng.«

»Aber ich bin nur zu einem kurzen Besuch in London«, erklärte er. »Ich muß morgen wieder weiterfliegen! Bitte, Madame Rose, erübrigen Sie für mich eine kurze Zeit.«

Seufzend meinte sie: »Also gut, kommen Sie herein. Ich kann aber nur eine halbe Stunde für Sie aufbringen; ich erwarte nämlich Besuch.«

Die Eingangshalle war düster und eichengetäfelt. Er wartete, bis sie die Tür geschlossen hatte. Als sie sich umdrehte und ihn ansah, wurde sie stutzig. »Ihr Gesicht kommt mir merkwürdig bekannt vor. Haben wir uns schon irgendwo einmal gesehen?«

»Ich glaube nicht«, erwiderte er. »Ich bin Amerikaner und zum erstenmal in England.«

»Dann muß ich mich wohl irren.«

Sie ging ihm voran den Korridor entlang, schob einen dunklen Samtvorhang beiseite und öffnete eine schwere Tür.

Der Raum, den sie anschließend betraten, war von der Straße durch schwere Vorhänge isoliert und dadurch gedämpft. Eine einzige Lampe auf einem kleinen Tischchen spendete mattes Licht. Im Kamin brannte ein imitiertes elektrisches Holzfeuer, und die Temperatur im Raum war unangenehm warm. Brady knöpfte seinen Mantel auf und setzte sich dann an den Tisch.

Die alte Frau nahm ihm gegenüber Platz. Neben ihrem Ellbogen lag ein Stapel Bücher, vor ihr ein Bogen weißen

Papiers. Sie ergriff einen Bleistift und forderte ihn auf: »Sagen Sie mir Ihr Geburtsdatum, den Geburtsort und die genaue Zeit. Besonders der genaue Zeitpunkt Ihrer Geburt ist wichtig; deshalb seien Sie bitte so genau wie möglich.«

Er machte die von ihr gewünschten Angaben und blickte über ihre Schultern in die Schatten, die aus den Ecken herankrochen und gegen den Lichtkreis ankämpften, der von der kleinen Lampe ausgestrahlt wurde. Krampfhaft überlegte Brady, was er wohl als nächstes sagen solle, entschloß sich dann jedoch zu warten, bis sie ihm einen Anhaltspunkt bot.

Sie sah in verschiedenen Büchern nach, machte sich einige schnelle Notizen auf dem Bogen Papier und grunzte schließlich befriedigt.

»Glauben Sie an Astrologie, junger Mann?«

»Ich wäre doch nicht hier, wenn ich nicht daran glaubte.«

Sie nickte zufrieden. »Sie sind mit beiden Händen gleich geschickt? Ich meine, Sie sind Rechts- wie Linkshänder?«

Es war mehr eine Feststellung als eine Frage, und er erwiderte mit einiger Verblüffung: »Ja, das stimmt. Woher wußten Sie das?«

»Viele von den Menschen, die im Zeichen des Skorpions geboren sind, besitzen diese Eigenart«, erwiderte sie und betrachtete ihre Notizen. »Das Leben ist für Sie oftmals ein Schlachtfeld... Sie nehmen es sehr schwer!«

»Das kann man wohl sagen«, bestätigte Brady.

Sie nickte ruhig. »Ihr Horoskop deutet auf eine gefährliche, manchmal fast explosive Tendenz zur Gewalttätigkeit in Ihrem Charakter hin. Sie neigen dazu, jeden Menschen, dem Sie begegnen, mit Mißtrauen zu betrachten. Sie sind sich selbst der schlimmste Feind!«

Brady lehnte sich in seinem Stuhl zurück, und ein gewaltsames, bitteres Lachen brach aus ihm heraus. »Donnerwetter, das ist ja einfach umwerfend!«

Die alte Frau schaute zu ihm herüber; ihre Augen glitzerten im Lampenlicht. »Sie scheinen das, was ich Ihnen sagte, recht lächerlich zu finden, junger Mann.«

»Ja, und das ist noch weit untertrieben«, gab Brady zurück. Sie stapelte bedachtsam ihre Bücher aufeinander und ordnete ihre Papiere. »Wer, sagten Sie, hat mich Ihnen empfohlen?«

»Ich habe nichts dergleichen gesagt«, entgegnete Brady. »Aber damit Sie es wissen: Es war Ihre Tochter, Jane Gordon, die Sie mir empfohlen hat!«

»So?« fragte die alte Frau ungläubig. »Nun, wir werden sehen. Ich erwarte sie heute abend, sie muß jeden Moment hier eintreffen.«

»Da werden Sie noch sehr lange Zeit zu warten haben, Mrs. Gordon«, sagte er ruhig. »Ihre Tochter ist nämlich...«

Ihr Gesicht schien vor seinen Augen in ein runzeliges, gelbes Blatt Pergament zu verwelken. Ihre Hand fuhr zum Munde; sie keuchte schwer und begann entsetzt zu röcheln.

Brady ging um den Tisch herum, trat an ihre Seite und bemerkte, daß sie mit einer Hand am Griff einer Schublade zog. Er riß den Kasten auf und fand ein kleines Glasröhrchen mit weißen Tabletten. Auf einem Wandbrett stand eine Wasserkaraffe. Er füllte schnell ein Glas mit Wasser und brachte es ihr; sie zwängte sich zwei der Tabletten in den Mund und spülte sie dann hinunter.

Nach einer Weile seufzte sie auf, und ein trockenes Schluchzen stieg aus ihrer Kehle. »Ich muß vorsichtig sein und mich vor plötzlichen Aufregungen hüten.«

»Ich bitte um Entschuldigung«, sagte er. »Aber diese Art

von Neuigkeiten kann man leider nicht in hübsches Papier wickeln und ein rosa Schleifchen darum binden – jedenfalls nicht in diesem Fall!«

Er wunderte sich, daß sie, ohne eine einzige Frage an ihn zu stellen, von der Richtigkeit und Wahrheit seiner Behauptung sofort überzeugt zu sein schien.

»Wer hat sie umgebracht?« fragte sie lediglich.

»Ein Mann namens Haras«, erwiderte Brady fest. »Anton Haras. Kennen Sie ihn vielleicht?«

»Ich kenne ihn«, bestätigte sie dumpf, nickte mit dem Kopf und starrte mit ihren schwarzen Augen in die Dunkelheit außerhalb des Lampenscheines.

»Ich kenne ihn.« Dann drehte sie sich um und schaute fest auf Brady. »Und wer sind Sie, junger Mann?«

»Ich bin Matthew Brady«, sagte er einfach.

»Ah, ja«, entgegnete sie, ohne besonderes Erstaunen zu zeigen. »Ich wußte es, daß Sie einmal kommen würden; schon lange wußte ich das.«

»Sie waren doch damals, an jenem Abend, mit in dem Haus, nicht wahr?« fragte er sie. »Wer war der Mann, der sich damals bei Ihrer Tochter aufhielt?«

»Miklos Davos«, erwiderte sie flüsternd.

Brady runzelte verblüfft die Stirn. »Miklos Davos? Meinen Sie etwa den Ölkönig?«

Sie nickte eifrig. »Ja, er! Manche Leute sagen, er sei der reichste Mann der Welt. Ich weiß nur, daß er der schlechteste Mann der Welt ist, Mr. Brady!«

»Erzählen Sie mir doch bitte, was damals in jener Nacht geschah«, bat er.

In der Erinnerung an jene fernen Ereignisse schien ihre Stimme wie von weit her zu kommen.

»Meine Tochter war in ein schändliches Verhältnis verwikkelt, Mister Brady. Sie war völlig unter dem Einfluß von Mister Davos. Für sie konnte er einfach nichts Böses tun. Er war ein brutaler Sadist, der ständig nur nach neuen Abwechslungen suchte.«

»Und wann kam Marie Duclos mit in das Spiel?«

Die alte Frau wandte sich resigniert ab. »Sie war eine Französin, die ihm besonders gut gefiel. – Ich weiß auch nicht, weshalb. Sie war in der Wohnung im ersten Stock untergebracht; dem anderen Mieter wurde gekündigt. Zwei Monate lang besuchte er sie fast täglich.«

»Kam er dabei über den Friedhof?« fragte Brady.

Sie schüttelte den Kopf. »Nein, diesen Weg benutzte er nur während der einen Woche, als die Straße überholt wurde. Er wollte nicht, daß ihn der Nachtwächter sah, wenn er das Haus betrat.«

»Aber warum hat er denn das Mädchen umgebracht?«

»Sie versuchte ihn zu erpressen. Das war natürlich äußerst dumm von ihr, denn er war bekannt dafür, daß er fast krankhaft jähzornig war. Als er an jenem Abend hierher zu meiner Tochter kam, folgte ich ihnen zurück über den Friedhof und belauschte ihr Gespräch. Ich hörte, wie er ihr auftrug, was sie alles tun sollte. Sie dagegen machte sich nur Sorgen darum, daß er in Schwierigkeiten kommen könnte...«

»Und was taten Sie selbst?« fragte Brady.

Achselzuckend meinte die Alte: »Was konnte ich schon tun? Ich bin eine alte Frau und belauschte eine Tochter, die mir im Laufe der Zeit völlig fremd geworden war... Er erklärte ihr, daß es einen Ausweg gebe und daß sie nichts weiter als einen ahnungslosen Mann brauchten, den sie der

Polizei zuführen könnten... Marie Duclos war zu dem Zeitpunkt schon tot und lag oben in ihrem Zimmer... Die Uferpromenade am Ende der Straße war nahe... Der erstbeste Betrunkene auf irgendeiner Bank, so erklärte er weiter, würde ihren Erfordernissen genügen. Meine Tochter sollte ihn ansprechen, sich als Marie Duclos ausgeben und ihn mit in jenes Haus schleppen. Alles weitere wollte Davos auf sich nehmen. Die Polizei würde rechtzeitig eintreffen und den betrunkenen Mörder von Marie Duclos festnehmen...«

»Und das mußte ausgerechnet ich sein«, murmelte Brady bitter.

Ein schwacher Luftzug traf ihn plötzlich im Nacken, und hinter ihm knarrte leise die Tür. Behutsam drehte sich Brady um; seine Hand glitt in die Tasche seines Mantels, doch da befahl ihm eine bekannte Stimme: »Bleiben Sie ganz still stehen, Mr. Brady – und nehmen Sie die Hände hoch!«

Es war Haras, der dann in den Raum trat. Das Lampenlicht glitzerte auf seinen Brillengläsern. Brady hob zögernd die Hände hoch. Der Ungar griff in Bradys Manteltasche, holte die Pistole heraus und ließ sie in seine eigene Tasche gleiten.

»So, jetzt können Sie Ihre Arme wieder herunternehmen!«

Er hielt den Revolver des Schweden in der Hand, und auf seinem Gesicht lag ein zufriedenes Lächeln.

»Es tut mir leid, daß ich mich etwas verspätet habe, aber ich bin in der Oxford Street in eine Verkehrsstockung geraten und habe Sie daher verpaßt. Ich wartete nämlich vor dem Carley Mansions, müssen Sie wissen. Es war für mich sehr enttäuschend zu sehen, daß Sie noch kurz vor der Ankunft der Polizei herausschlüpfen konnten. Zum Glück aber kam mir der Gedanke, daß Sie sich vielleicht hierher wenden würden. Und das haben Sie ja auch wirklich getan, Brady.«

»Der erstbeste Betrunkene auf irgendeiner Bank!« murmelte Brady bitter.

»So, die alte Ziege hat also ihr Maul aufgemacht, he?«

Der Ungar lächelte zynisch. »Dagegen werden wir wohl etwas unternehmen müssen.«

Er stand ziemlich weit vom Tisch entfernt und lächelte noch immer selbstzufrieden. Madame Rose starrte ihn fest an. »Sie Scheusal!« rief sie ihm zu und wollte aufstehen.

»Bleiben Sie dort, wo Sie sind!« herrschte Haras sie an.

Während die Blicke des Ungarn zu der alten Frau abschweiften, packte Brady plötzlich die Lampe, riß sie aus ihrer Fassung und stürzte damit den Raum in Finsternis.

Haras gab zwei überstürzte Schüsse ab; die alte Frau schrie auf und polterte auf den Fußboden. Sie lag in dem schwachen Lichtschimmer, der von dem elektrischen Heizgerät ausging. Aus einer Wunde in ihrer Stirn sickerte Blut über ihr Gesicht.

Brady sprang sofort zur Seite und nahm hinter einem großen Ohrensessel Deckung. Nach ein paar Minuten kroch er vorsichtig hinter die Lehne eines altmodischen Roßhaarsofas und wollte so die Tür gewinnen.

Haras lehnte noch immer am Tisch. Brady konnte seine dunkle Silhouette sich gegen den schwachen Schein des elektrischen Heizgerätes abheben sehen.

»Sie werden mir nicht entwischen, Brady«, rief Haras. »Sie haben nicht die geringste Chance zu entkommen; beide Waffen sind in meinem Besitz!«

Brady erinnerte sich plötzlich, daß in dem Revolver nur vier Patronen gewesen waren; davon hatte Haras schon zwei verschossen. Behutsam kroch Brady zwischen einem Stuhl und der Wand ein paar Meter entlang und angelte eine kleine Katze aus Chinaporzellan von einem Teetischchen herunter.

»He, mir reißt langsam der Geduldsfaden, Brady! Kommen Sie hervor!« rief Haras, und aus seiner Stimme war aufsteigende Wut herauszuhören.

Ohne zu antworten schleuderte Brady das Porzellankätzchen quer durch den Raum in die gegenüberliegende Ecke. Als es an der Wand klirrend zerschellte, fuhr der Ungar herum und feuerte zweimal schnell hintereinander in jene Ecke. Brady nutzte diesen Augenblick, riß die Tür auf und raste den Korridor entlang zur rückwärtigen Seite des Hauses.

Hinter ihm wurde ein Wutschrei laut. Brady ließ sich nicht aufhalten, sondern rannte in die große, altmodische Küche und stürzte geradewegs zur zweiten Tür, die auf der gegenüberliegenden Seite hinausführte. Zu seinem großen Pech war die Tür verschlossen. Er rüttelte verzweifelt am Schlüssel und hörte plötzlich das vertraute, gedämpfte Husten der Schalldämpferpistole. Über seinem Kopf fuhr eine Kugel splitternd ins Holz...

Endlich hatte er die Tür aufgeschlossen und stürzte, zwei Stufen auf einmal nehmend, die Treppe in den Garten hinunter. Vor ihm tauchte der Schatten der hohen Mauer auf; dahinter lag der Friedhof.

Als er das kleine Pförtchen erreicht hatte und stehenblieb, war Haras bereits hinter ihm auf der Hälfte des Weges angekommen. Brady hob den Fuß und trat zweimal gegen das Pförtchen. Das morsche Holz splitterte und gab ein Loch frei, und als die Pistole von Haras wieder blaffte, war Brady bereits durch die Öffnung gekrochen und rannte zwischen den Grabsteinen hindurch.

Aus den großen Kirchenfenstern drang noch immer Licht heraus und warf auf den dichter werdenden Nebel bunte

Farben. Brady sprang schließlich hinter einen hohen, mächtigen Grabstein und blieb lauschend stehen. Kein Geräusch war zu hören. Nach einer Weile schlich Brady weiter, tief gebückt und immer im Schatten der Grabsteine. Er erreichte den Turm, ging um ihn herum und blieb abermals stehen.

Die Orgel spielte jetzt wieder, und ihre Töne drangen schwach und leise aus der Kirche heraus. Brady fühlte den Schweiß auf seinem Gesicht herunterrinnen. Vor ihm lag der breite Hauptweg; das Tor zur Straße stand weit offen. Als er sich endlich entschlossen hatte, in dieser Richtung weiterzugehen, trat Haras plötzlich hinter einem etwa zehn Meter entfernten Strebepfeiler hervor. Wieder spiegelte sich das Licht der Laterne auf seinen Brillengläsern in glitzernden Reflexen.

Offensichtlich hatte der Ungar die Kirche von der anderen Seite umgangen. Als er seine Pistole erhob und zielen wollte, sprang Brady wieder zurück in den Schatten des Turmes und begann, eilig das Stahlgerüst emporzuklettern.

Innerhalb weniger Augenblicke hatte ihn der Nebel aufgesogen. Er kam gut voran und schwang sich gewandt und erfahren von einer Strebe zur anderen. Wenige Minuten später zog er sich auf einem schmalen Steg hoch, der um den Turm herumlief, und mußte feststellen, daß es nun nicht mehr weiterging.

Lauschend blieb er stehen und spannte sein Gehör aufs äußerste an, damit ihm auch nicht das leiseste Geräusch entging. Zunächst war alles still; lediglich ein kalter Wind fuhr durch den Nebel und ließ Brady erschauern und mit der Zeit erstarren. Er entschloß sich, auf dem Steg weiterzugehen, doch plötzlich knarrte ein Brett, und Haras rief leise: »Ich weiß, daß Sie hier stecken, Brady!«

Die Pistole blaffte wieder; die Kugel zwitscherte an Brady vorbei in die Nacht hinein, so daß er unwillkürlich einen Schritt zurücktrat. Zugleich streifte er hastig seinen Regenmantel ab...

Während er noch durch diese Tätigkeit in Anspruch genommen war, stieß sein Fuß plötzlich gegen ein Stück Eisenrohr, das zur Seite rollte und über die Kante des Steges hinweg in die Dunkelheit fiel.

Mit ausgestrecktem Arm stürzte Haras herbei. Er feuerte wieder einen Schuß ab, doch die Kugel prallte an einem stählernen Träger ab. Brady benutzte die Gelegenheit, um seinen Mantel dem andern ins Gesicht zu schleudern. Der Ungar stieß einen gedämpften Schreckensschrei aus, taumelte rückwärts und trat über den Rand des Stegs ins Leere. Einen schrecklichen Augenblick lang schien er in der Luft zu hängen, doch dann verschluckte ihn der Nebel, und er fiel in die Nacht hinein.

Bradys Hände zitterten; sein Hemd war feucht von Schweiß. Ohne zu zögern trat er jedoch an den Rand des Steges und begann, an den Sprossen hinabzuklettern.

Haras lag, etwa zehn oder zwölf Meter von der Basis des Turms entfernt, mitten auf dem Weg. Der alte Pfarrer kniete neben ihm. Als Brady herantrat, schaute der Alte auf.

»Ist er tot?« fragte Brady.

Der alte Pfarrer nickte. »Ich fürchte, ja.«

Die Augen des Ungarn waren verdreht; blicklos starrte er nach oben, an Brady vorbei. Aus seinem Mund rann ein dünner Blutfaden.

»Es ist erst wenige Minuten her, daß dieser Mann da eine alte Frau getötet hat«, sagte Brady schwer und setzte hinzu: »Sie wohnte da drüben, in dem ehemaligen Küsterhaus.«

Der Pfarrer richtete sich langsam auf. »Meinen Sie etwa Mrs. Gordon? Aber wie konnte denn das geschehen?«

Er trat an Brady heran und schaute ihm starr ins Gesicht, und plötzlich dämmerte ihm eine Ahnung.

»Sie sind doch Matthew Brady, nicht wahr? Sie sind der Mann, hinter dem die Polizei her ist! Ich habe heute abend Ihr Foto in der Zeitung gesehen!«

Wortlos drehte sich Brady um und schritt rasch davon. Als er schließlich die Straße erreicht hatte, begann er sogar zu rennen.

Wenige Augenblicke später kam er bei seinem abgestellten Wagen an und fuhr davon.

10

Miklos Davos wohnte in Mayfair, das konnte Brady in der ersten Telefonzelle feststellen, an der er vorbeikam. Als er wieder in seinen Wagen stieg, zitterten seine Hände noch immer. Er mußte sich eine Beruhigungszigarette anstecken, bevor er wieder weiterfuhr.

Der alte Pfarrer hatte unterdessen bestimmt schon die Polizei benachrichtigt, und dort würde man jetzt wissen, daß er, Brady, der ausgebrochene Zuchthäusler, sich hier in London herumtrieb. Und nachdem sie erst einmal die Ermordung von Jane Gordon und ihrer Mutter sowie den gewaltsamen Tod von Haras entdeckt hatten, würde die Hetzjagd auf ihn ohne Erbarmen beginnen.

Eine einzige Chance war ihm noch geblieben. Er mußte bis zu Davos vordringen und aus ihm die ganze Wahrheit herausquetschen, denn Davos war die einzige Person auf Erden, die jetzt noch die wahren Zusammenhänge kannte.

Während er den Wagen sicher durch den starken Verkehr lenkte, versuchte er sich zu erinnern, was er überhaupt von Davos wußte. Es war leider nicht allzuviel.

Auch Davos war ungarischer Abstammung, was jedenfalls seine Verbindung mit Haras erklärte. Er hatte einen merkwürdigen und rätselhaften Charakter und scheute besonders jede Publicity wie die Pest. Man behauptete von ihm, daß er effektiv die gesamte Ölversorgung der westlichen Welt kontrollierte. Er war ein harter, erbarmungsloser Mann, der

Begründer eines Imperiums, der alle Gegner und alle Opposition gnadenlos zerschmetterte.

Brady preßte die Zähne aufeinander, während er den Wagen in eine ruhige Nebenstraße in der Nähe der Park Lane lenkte. Wahrscheinlich, so dachte er bei sich, war es Zeit, daß jemand einmal Mr. Davos seine Grenzen zeigte.

Das Anwesen von Miklos Davos war im Stil der Zeit von König George erbaut, aber sehr gut instand gehalten. Es schien dort gerade eine Party stattzufinden; auf der Straße war eine lange Reihe von Wagen abgestellt.

Das Haus von Davos hatte die Nummer 20. Brady fand endlich einen Parkplatz, kletterte aus seinem Wagen und stieg die Stufen zur Haustür empor. Entschlossen drückte er den Klingelknopf.

Von irgendwoher aus dem Innern des Hauses drangen Musik und Gelächter. Nach einer Weile ertönte ein protestierender Fluch von der anderen Seite der Tür; diese wurde aufgerissen und flog mit einem Krach gegen die Wand.

Der Mann, der Brady dann gegenüberstand, war schon stark angetrunken. Er trug ein Kordjackett, hatte einen fransigen, langen Bart und einen auffallend stieren Blick.

»He, wenn Sie vorhaben sollten, die ganze Nacht dort stehenzubleiben, alter Knabe, dann ist mir das auch ganz recht«, rief er fröhlich und torkelte wieder zurück.

Der Korridor war durch Kerzen schwach erleuchtet. Tosender Lärm vom anderen Ende des Ganges kündete vom Wirbel der Party; jedoch drangen auch, als Brady weiterging, aus einem Zimmer zur Rechten laute, lustige Schreie und hitzige Musik.

Brady ging zunächst weiter und trat in den Raum am Ende des Korridors. Er fand sich plötzlich vor einer lärmenden, durcheinanderquirlenden Menschenmenge. Jedermann schien zu jedem sprechen zu wollen, und ihre Stimmen mischten sich zu einem unentwirrbaren Getöse. Die Fenster waren abgedichtet; das einzige Licht kam von Kerzen, die in alte Weinflaschen gesteckt und an verschiedenen strategischen Punkten innerhalb des ganzen Raumes aufgestellt waren.

Brady war sehr verwirrt. Diese Art Party hätte er von einem Mann wie Miklos Davos keineswegs erwartet. Die stimmungsvolle Atmosphäre versetzte ihn fast zurück in seine Jugend, als er noch in Greenwich Village lebte und an der Columbia-Universität studierte... Die meisten der hier anwesenden Männer trugen längeres Haar als die Mädchen, und die überwiegende Mehrzahl von ihnen schmückte sich mit einem Bart.

Die Bar hatte man in einer Ecke improvisiert; sie bestand aus rohen Brettern, die über Bierfässer gelegt waren. Der Barkeeper schien kaum den vielen an ihn gestellten Forderungen nachkommen zu können; so bediente sich Brady selbst, da er unterdessen seine Verblüffung überwunden hatte. Er nahm sich ein Glas Bier und trat zur Seite.

Im ganzen gesehen war die hier anwesende Menge doch ein recht widerwärtiger Haufen. Die meisten waren schon betrunken und schienen nichts als Unfug im Sinn zu haben. Irgend jemand versuchte, auf einem Tisch einen Handstand zu machen und zugleich ein Glas Bier dabei auszutrinken. Als er das Gleichgewicht verlor, erhob sich brüllendes, schadenfrohes Gelächter ringsumher in der Menge. Brady, der sich angewidert abwenden wollte, wurde hart gegen ein junges Mädchen gestoßen und schleuderte ihr dabei ein Glas aus der Hand.

»Ich bitte um Verzeihung«, sagte er. »Ich werde Ihnen ein neues Glas holen. Was für ein Getränk hatten Sie denn?«

»Oh, das macht gar nichts. Ich hätte nur gern eine Zigarette, falls Sie welche bei sich haben«, beruhigte sie ihn.

Das Mädchen konnte keineswegs älter als siebzehn Jahre sein. Ihr Gesicht war rund und noch unausgebildet. Sie war blaß vor Aufregung, während sie ständig umherschaute, um nur ja nichts zu versäumen.

Brady reichte ihr eine Zigarette, die sie ungeschickt und zittrig ansteckte.

»Ist es hier nicht wundervoll?« fragte sie dabei schwärmerisch.

»Einfach großartig«, bestätigte ihr Brady. »Wer gibt denn eigentlich die Party, sagen Sie mal?«

Voller Erstaunen schaute sie ihn mit ihren großen Kulleraugen an.

»Wollen Sie etwa sagen, daß Sie das nicht wissen?«

Er grinste verlegen. »Ich bin gerade erst in die Stadt gekommen. Ein paar Freunde von mir sind hierher eingeladen worden und haben mich mitgeschleppt. Es ging alles so eilig und überstürzt, daß ich gar nicht mehr fragen konnte.«

»Na, das kann ich zur Not verstehen«, beruhigte sie sich. »Lucia gibt die Party; Lucia Davos. Haben Sie sie noch nicht kennengelernt?«

Er schüttelte verneinend den Kopf. »Ich glaube nicht. Ich bin erst ein einziges Mal von den Staaten hier herüber nach Europa gekommen.«

»Oh, Sie sind Amerikaner?« Das Mädchen lächelte freundlich. »Das wird Lucia aber freuen! Wenn Sie sie einmal kennenlernen wollen, dann müssen Sie hinübergehen, in den anderen Raum. Lucia singt dort mit der Kapelle!«

Eine Hand, deren Besitzer Brady beim besten Willen nicht ausmachen konnte, packte das Mädchen am Arm und zog sie davon. Brady drängte sich daraufhin bis zur Tür durch und ging den Korridor entlang zum anderen Saal zurück. Während er in der Tür zunächst stehenblieb, kam eine junge Serviererin in schwarz-weißem Kleid an ihm vorbei und balancierte ein Tablett voller leerer Gläser über ihrem Kopf. Unter ihren Augen lagen dunkle Schatten von Müdigkeit. Als ein Betrunkener sie anrempelte und mehrere Gläser auf den Boden warf, fühlte Brady eine unwillkürliche Sympathie mit dem Mädchen in sich aufsteigen.

Er hob die zum Glück heilgebliebenen Gläser auf und stellte sie zurück auf das Tablett.

»Sie sehen nicht sehr munter aus«, sagte er zu dem Mädchen. »Können Sie das denn hier aushalten?«

Sie lächelte ihm dankbar zu. »Machen Sie sich nur keine Sorgen um mich. Das Schlimmste ist überstanden. Ich werde jetzt in die Küche hinausgehen, meine Füße schonen, eine Zigarette rauchen und eine Tasse Tee trinken.«

Sie wandte sich ab, und Brady trat in den Saal hinein. Eine aus drei Mann bestehende Combo, zu der auch ein Schlagzeug gehörte, spielte einen Blues. Am Piano saß mit übereinandergeschlagenen Beinen ein Mädchen und sang mit einer tiefen, kehligen Stimme den Text dazu.

Man konnte nicht behaupten, daß sie eine gute Stimme hatte, aber zumindest besaß sie das gewisse Etwas und einen Hauch von Nacht in ihrer Kehle. Ein Poet hätte diesen Tonfall vielleicht auch mit spätem Herbst verglichen... Sie war das typische kleine Mädchen, das sich zu allem berufen fühlte und das am Ende doch feststellen mußte, daß ihre Begabung zu keiner Sache ganz ausreichte.

Die schlanke, knabenhafte Figur im Strickkleid wirkte merkwürdig reizlos und hatte nicht das geringste Flair von Sex. Das machte wohl auch das gekräuselte Haar und das Fehlen jeglichen Make-ups... Als sie ihren Song beendet hatte, gab es lebhaften Beifall, und irgend jemand aus der Menge rief: »Noch einen Song, Lucia!«

Sie schüttelte den Kopf. »Später vielleicht. Aber jetzt brauche ich erst etwas zu trinken.«

Sie glitt von ihrem Sitz herunter, und die Combo begann eine neue Nummer zu spielen. Die Töne der jagenden Melodie hallten von den Wänden wider... Auf einem Tischlein an der Wand stand ein Tablett mit Martinis. Brady ergriff ein Glas und drängte sich dann durch die Menge auf Lucia zu.

Sie lehnte am Piano und schlug mit ihrer Hand den Takt zu der Musik. Als Brady ihr den Drink anbot, drehte sie sich um und wollte ihm danken, doch dann glitt ein nachdenklicher Schatten über ihr Gesicht.

»Ich kenne Sie ja gar nicht«, meinte sie erstaunt.

»Oh, ich kam mit einer ganzen Gesellschaft hier an«, log er. »Übrigens gefiel mir Ihr Lied sehr gut. Ich glaube, Sie haben wirklich Talent.«

Ihre Augen glänzten leicht, und Brady erkannte daran, daß sie bereits mehr getrunken hatte, als ihr guttat.

»Sie sind Amerikaner?« fragte sie.

Er nickte zustimmend. »Ja. Ich bin heute erst hier angekommen.«

Sie war immer noch nachdenklich gestimmt und musterte ihn unverhohlen von Kopf bis Fuß. Nach einer Weile meinte sie schließlich: »Jetzt weiß ich, was mit Ihnen nicht stimmt. Sie sind der einzige Mann hier im Raum, der einen Anzug trägt!«

Brady schaute sich rasch um. Merkwürdigerweise hatte sie völlig recht. Er fiel hier in der Menge auf wie ein verbundener Daumen unter gesunden Fingern.

»Mit wem, sagten Sie, seien Sie gekommen?« fragte sie ihn weiter.

»Also schön, Miss Davos«, sagte er und zuckte dabei die Achseln, als ob er es aufgebe, »ich glaube, es ist besser, wenn ich offen zu Ihnen bin. Ich hoffte eigentlich, ein Interview von Ihrem Herrn Vater zu bekommen!«

»Also ein Zeitungsmann!« Sie nippte an ihrem Martini. »Ich habe mir doch gleich gedacht, daß so etwas dahintersteckt... Also wissen Sie, Sie verschwenden Ihre Zeit! Mein Vater gibt niemals Interviews. Außerdem ist er gar nicht in der Stadt.«

»Vielleicht könnten Sie so nett sein, mir zu sagen, wo er ist«, drängte Brady weiter. »Möglicherweise möchte er einmal eine Ausnahme machen. Und für mich wäre das ein großer Knüller!«

Sie schaute ihn fest an und meinte dann mit ihrer trockenen, kühlen Stimme: »Hören Sie, sie fangen an, mich zu langweilen. Wenn ich Sie wäre, würde ich mein Glas austrinken und hier verschwinden.«

Sie wandte sich ab, als die Musik zu einem Crescendo anschwoll, und Brady tauchte wieder zurück in die Anonymität der zahllosen Gäste. Er schlüpfte zur Tür hinaus und ging hinüber in den anderen großen Saal. Sein Geist arbeitete verzweifelt und suchte nach einem Ausweg. Irgendwie mußte er herausbekommen, wohin Davos sich begeben hatte; aber wie sollte er das in Erfahrung bringen?

Unter den angetrunkenen Gästen gab es plötzlich ein lautes Gebrüll, und ein Mädchen wurde auf die Bar emporgehoben. Irgend jemand begann rhythmisch zu klatschen, und die Menge fiel sofort ein. Das Mädchen war zweifellos hübsch, wenn auch etwas schlampig; offensichtlich jedoch war sie sehr angetrunken. Unter dem Klatschen der Zuschauer begann sie, sich ihrer Kleider zu entledigen.

In ihrer Vorstellung lagen weder Charme noch Grazie. Sie streifte sich einfach die Kleider ab, als ob sie ins Bett kriechen wollte, und warf jedes Stück einzeln unter die johlenden Gäste. Als sie ihren Büstenhalter lösen wollte, wandte sich Brady ab und ging hinaus. Allein stand er im Korridor, und der Lärm der Menge blieb hinter ihm zurück. Er wußte nicht mehr weiter, doch plötzlich fiel ihm wieder das Serviermädchen ein.

Dies war immerhin eine Spur, der nachzugehen es sich lohnte. So ging er den seitlichen Gang entlang, der zu den Wirtschaftsräumen des Hauses führte. Die erstbeste Tür, auf die er traf, öffnete er und befand sich gleich darauf in einer großen, hell erleuchteten Küche.

Das Mädchen saß vor dem Herd, hatte die Beine ausgestreckt und rauchte eine Zigarette. Auf das Geräusch seiner Schritte hin drehte sie sich überrascht um, doch als sie ihn erkannte, huschte ein Lächeln um ihren Mund.

»Oh, Sie sind es! Möchten Sie etwa eine Tasse Tee haben?«

Brady erwiderte ihr Lächeln und steckte sich ebenfalls eine Zigarette an.

»Dagegen hätte ich nichts einzuwenden! Da draußen ist es etwas zu laut für meinen Geschmack.«

Sie goß eine zweite Tasse Tee ein, gab Sahne und Zucker hinzu und reichte sie ihm.

»Um ehrlich zu sein, ich dachte mir gleich, daß Sie eigentlich nicht so aussähen, als ob Sie sich da drinnen amüsieren könnten!« gestand sie ihm.

Er setzte das klägliche Lächeln eines armen Sünders auf und erklärte: »Ich bin auch gar nicht hier, um mich zu amüsieren – das ist nämlich das Dumme! Ich bin ein Zeitungsfritze... Mein Redakteur gab mir den Auftrag, ich sollte ein Interview mit Miklos Davos machen. Das ist der Grund, weshalb ich hier in die Party hereinplatzte!«

Das Mädchen begann unwillkürlich zu kichern. »Mr. Davos wollten Sie auf einer Party seiner Tochter finden? Oh, wie naiv! Dann wäre das Weltende nahe...! Übrigens gibt er sowieso keine Interviews.«

»Haben Sie vielleicht eine Ahnung, wo er jetzt stecken mag?«

Sie nickte bejahend. »Er ist heute morgen auf die Insel gefahren. Dort pflegt er immer seine wichtigen Entschlüsse zu fassen. Uns läßt er so lange machen, was wir wollen...«

»Was ist das für eine Insel?« fragte Brady.

»Shayling Island«, erklärte sie. »Die Insel liegt etwa zwei Meilen vor der Küste von Essex, in der Nähe von einem Fischerdorf namens Harth. Er hat ein Landhaus dort.«

»Und was ist das für ein Platz?« fragte Brady interessiert weiter.

»Uh, eine trübselige Gegend!« erwiderte sie, komisch erschauernd. »Ich habe im letzten Sommer mal ein paar Wochen dort zubringen müssen, als Mister Davos Gäste hatte. Ich glaube, es hat die ganze Zeit geregnet!«

Brady setzte entschlossen seine Tasse ab, doch da sprang sie auf. »Glauben Sie mir, Sie verschwenden Ihre Zeit! Er wird Sie niemals empfangen, selbst wenn Sie dort hinunterfahren!«

»Oh, das kann man nicht wissen!« meinte Brady leichthin. »Vielleicht erwische ich ihn an einem guten Tag?«

»Er hat niemals gute Tage!« entgegnete sie mit leichter Bitterkeit.

»Haben Sie schönen Dank für Ihren Tee!« beschloß Brady ihre Unterhaltung. »Ebenso auch für Ihre Auskünfte! Wahrscheinlich haben Sie mir meine Stellung gerettet!«

»Da wäre ich an Ihrer Stelle noch nicht so sicher!« gab sie zurück. Er lächelte ihr noch einmal zu und schloß dann die Tür hinter sich.

Die Stimmung auf der Party war jetzt langsam am Überkochen. Lärm, Geschrei und Musikfetzen schienen aus allen Ecken und Winkeln des Hauses widerzuhallen. Selbst als er die Haustür bereits hinter sich gelassen und ein Stück in die Nacht hinein gegangen war, verfolgte ihn noch das Getöse. Er schritt jedoch, ohne sich noch einmal umzuschauen, an der Reihe der parkenden Autos entlang, stieg in seinen eigenen Wagen und fuhr davon.

Der Nebel war unterdessen so dicht geworden, daß der gesamte Verkehr zu einem Kriechtempo gezwungen war. Trotzdem brauchte Brady nicht länger als eine halbe Stunde, um zu jenem ruhigen Platz in der Nähe der Kensington Gardens zu gelangen.

Er stellte den Wagen ab und stieg dann schnell die Treppen empor. Als er die Tür von Annes Wohnung öffnete, lagen alle Räume in völliger Dunkelheit. Vor der Tür zu Annes Zimmer blieb er eine Weile stehen und lauschte ihren leisen, gleichmäßigen und ruhigen Atemzügen. Dann trat er in die Küche.

Zu seiner eigenen Überraschung verspürte er plötzlich einen mächtigen Hunger; er machte sich deshalb daran, eine große Portion Eier mit Speck zu braten. Gerade als er das

Gericht von der Pfanne auf den Teller schüttete, hörte er ein Geräusch hinter sich. Er drehte sich um und sah Anne in der Tür stehen.

Sie band sich den Gürtel ihres Morgenmantels fest; ihr Haar hing ihr wirr ins Gesicht, und ihre Augen waren noch immer vom Schlaf schwer und geschwollen.

»Möchten Sie etwas mit mir essen?« fragte er das Mädchen.

Sie schüttelte den Kopf. »Nein, danke, nur Kaffee möchte ich!«

Er goß ihr eine Tasse starken, schwarzen Kaffee ein und fügte viel Zucker hinzu. Sie setzte sich ihm gegenüber an den Tisch und sah ihm zu, wie es ihm schmeckte.

Zwischen ihnen war plötzlich eine merkwürdige, innige Vertrautheit, und sie beide fühlten mit einem Male ganz klar, daß es so, wie es jetzt war, eigentlich immer bleiben müßte. Brady erkannte auch, daß Anne das gleiche Empfinden hatte wie er, aber es blieb doch unausgesprochen zwischen ihnen.

Schließlich lächelte das Mädchen zärtlich. »Sie sehen sehr müde aus!«

»Ja, es war eine ereignisreiche Nacht!«

»Konnten Sie diese Jane Gordon finden, von der die Soames sprach, als wir im Wagen saßen?«

»Ich kam leider wieder einmal zu spät«, erwiderte er. »Aber immerhin fand ich alles, was ich wissen mußte.«

Er steckte sich eine Zigarette an und berichtete ihr in kurzen Zügen von den Ereignissen der letzten Stunden und von seinen Erlebnissen in dieser Nacht. Als er geendet hatte, sagte sie zunächst kein Wort und starrte nur düster in eine unbestimmte Ferne.

»Was denken Sie jetzt?« fragte er sie behutsam.

»Ich denke, daß Sie zur Polizei gehen sollten!« antwortete sie. »Die Dinge sind jetzt weit genug getrieben...«

»Aber Davos ist doch die einzige und letzte Person auf Erden, die noch die Wahrheit kennt!« beschwor er sie. »Glauben Sie denn, er wird sich jetzt, in diesem Stadium der Dinge, bereitfinden, ein Geständnis abzulegen? Er denkt nicht daran!«

Nachdenklich schaute sie vor sich hin. Ihre Finger spielten nervös miteinander.

»Und wie ist es mit den anderen Personen, die in diese Affäre verwickelt sind?« fragte sie schließlich. »Zum Beispiel der Inder Das und die Soames...! Die Polizei müßte doch imstande sein, aus denen etwas rauszuholen.«

Er schüttelte resigniert den Kopf. »Nein, da haben wir keine Chance. Die Soames etwa wußte ja nicht einmal, für wen Jane Gordon arbeitete und wer ihr Auftraggeber war! Meine einzige Hoffnung ist, zu Davos zu gelangen und ihm ein Geständnis abzuringen, bevor mich die Polizei wieder festnimmt!«

»Wenn aber nun Davos kein Geständnis ablegt?« fragte sie angstvoll. »Wenn er sich weigert? Was wollen Sie dann tun? Etwa ihn töten?«

»Fast wäre es das beste!« brach es bitter aus ihm heraus. »Wenn jemals ein Mann den Tod verdient hat, dann ist er es!«

Er stand auf und ging ruhelos in der Küche auf und ab. Nach einer Weile trat er wieder an den Tisch. Sie saß schweigend, mit tief gebeugtem Kopf auf ihrem Stuhl. Er zog sie behutsam und zärtlich zu sich hoch und legte den Arm um sie.

»Entschuldigen Sie, ich habe wohl dummes Zeug geredet.

Habe die Nerven verloren. Aber ich bin überreizt, übermüdet. Sie sind auch müde; legen Sie sich wieder ins Bett!«

Ohne auf seine Worte einzugehen, fragte sie ihn, als ob ihr plötzlich ein Gedanke gekommen sei: »Dieser Kriminalbeamte, der Ihren Fall behandelt hat – dieser Inspektor Mallory – könnte der nicht vielleicht etwas für Sie tun?«

»Oh, er hat sich wahrscheinlich in den letzten Stunden mehr mit mir befassen müssen, als ihm und mir recht war!« meinte Brady sarkastisch. Dann führte er Anne durch das Wohnzimmer zurück in ihr Schlafzimmer.

»Nun, denken Sie für heute nicht mehr an alle diese Dinge. Wir werden morgen früh noch einmal darüber reden!«

»Und was wird jetzt mit Ihnen?« fragte sie besorgt.

Achselzuckend erwiderte er: »Ich werde es mir heute nacht erst mal auf der Couch im Wohnzimmer bequem machen!«

Sie kroch in ihr Bett, aber ihr Gesicht war noch immer angespannt und voller Angst.

»Nicht wahr, Sie werden zur Polizei gehen, Matt?« fragte sie noch einmal.

»Wahrscheinlich ja«, versprach er, beugte sich zu ihr hinüber und küßte sie.

Das letzte, was er von ihr sah, war ihr weiches, warmes Lächeln; dann drehte er das Licht aus und schloß leise die Tür.

11

Brady ging in die Küche zurück, trank noch einen Kaffee und wartete, bis Anne eingeschlafen war. Das dauerte nicht allzu lange. Als er sich wieder einmal an ihre Tür schlich und lauschte, hörte er ihre gleichmäßigen Atemzüge. Er zog daraufhin seine Jacke an und ging wieder in die Küche.

Es gelang ihm, einen Notizblock und einen Bleistift aufzustöbern. Dann setzte er sich an den Tisch und wollte ihr ein kleines Briefchen schreiben. Nach dem ersten mißlungenen Versuch setzte er noch einmal neu an; doch dann knüllte er den Zettel zusammen und warf ihn in eine Ecke. Es gab nichts mehr, was er ihr noch hätte mitteilen müssen.

Als er die Wohnungstür hinter sich schloß und leise die Treppen hinunterschlich, war es schon gegen zwei Uhr morgens...

Unten auf dem Platz schloß er den Wagen auf, entnahm dem Handschuhkasten die Straßenkarte und deponierte an der gleichen Stelle die Wagenschlüssel. Es bestand leider durchaus die Möglichkeit, daß er nicht aus London herauskommen würde; und wenn man ihn schon faßte, so wollte er doch nicht in Annes Wagen aufgegriffen werden. Er hatte sie ohnehin schon viel zu sehr in diese Geschichte verwickelt.

Der Nebel hatte die Sichtweite auf dreißig bis fünfunddreißig Meter reduziert. Brady schritt entschlossen den Bürgersteig entlang; doch alle seine Sinne waren angespannt und auf der Hut.

Eine halbe Stunde später wagte er in einer kleinen Nebenstraße in der Nähe der Albert Hall den ersten Coup, der ihm seine weiteren Unternehmungen erleichtern sollte. In einer Straßeneinbuchtung war ein kleiner, zerbeulter Wagen geparkt. Das Türschloß funktionierte nicht mehr richtig, doch der Eigentümer hatte die Wagenschlüssel mitgenommen. Trotzdem stieg Brady ein und suchte mit den Händen hinter dem Armaturenbrett nach den Drähten der Zündung. Es gelang ihm, einen Kurzschluß herbeizuführen, und wenige Minuten später fuhr er vorsichtig davon.

In einer ruhigeren, verkehrsarmen Straße stoppte er nach einer gewissen Zeit abermals und besah auf der Karte seine Route. Zum Glück kannte er Essex ziemlich gut. Vor drei Jahren hatte er als Bauingenieur an einem Brückenprojekt in der Nähe von Chelmsford gearbeitet.

Das Fischerdörfchen Harth lag an der Spitze einer Landzunge, die gerade dort in die See hinausragte, wo der Blackwater River mündete. Die ganze Gegend dort schien nur spärlich besiedelt zu sein, und die Karte verzeichnete wenig Straßen. Shayling Island lag, wie ihm das Serviermädchen richtig gesagt hatte, etwa zwei Meilen vor der Küste.

Nachdem er sich so informiert hatte, stopfte Brady die Karte wieder in die Tasche und fuhr weiter. Die Benzinuhr zeigte mehrere Liter Treibstoff an, die sich im Tank befanden; doch im Augenblick konzentrierte er sich ganz auf das Fahren. Alle zweitrangigen Probleme konnten bis später warten.

Merkwürdigerweise war der Verkehr auf den Straßen noch immer sehr stark. Brady wunderte sich darüber, dachte aber, daß dies wohl Leute seien, die durch den Nebel aufgehalten wurden. Nachdem er erst einmal die Innenstadt von London hinter sich gelassen hatte, hielt er sich mehr an die Nebenstraßen, hielt aber trotzdem die allgemeine Richtung nach Romford ein. Endlich stieß er auf die Landstraße nach Chelmsford und bog auf diese ein.

Nachdem er durch Romford hindurchgefahren war, glaubte er, die größte Gefahr zunächst hinter sich gebracht zu haben, und entspannte sich etwas. Er steckte sich eine Zigarette an und schaute weiter auf die Fahrbahn. Der Nebel war hier nicht so dicht wie in London, erwies sich aber immer noch als sehr störend, und Brady brauchte eine volle Stunde, ehe er die Überlandstraße verließ und in ein Gewirr von kleineren Landstraßen einbog.

Er mußte häufig anhalten, um die Karte zu studieren, und er passierte mehrere Dörfer, bis er plötzlich feststellen mußte, daß er doch eine falsche Richtung eingeschlagen und sich verfahren hatte.

Als das erste graue Licht der Morgendämmerung durch den Nebel sickerte, fuhr er gerade durch die Straßen von Southminster.

Er folgte dann über etwa eine halbe Meile der Straße nach Tillingham, doch dann begann plötzlich der Motor leiser zu werden, hustete noch einige Male asthmatisch und erstarb endlich völlig.

Die Benzinuhr zeigte noch immer etwa acht Liter Tankinhalt an; Benzinmangel konnte also nicht die Ursache für das Versagen des Motors sein. Trotzdem stieg Brady aus und versuchte, einen Blick in den Tank zu werfen. Er überzeugte sich davon, daß tatsächlich noch Benzin vorhanden war. Also klappte er die Kühlerhaube hoch und untersuchte den Motor.

Er war in seine Tätigkeit sehr vertieft, als plötzlich ein Polizeiwachtmeister auf einem Fahrrad aus dem Nebel heraus auftauchte und mit flatterndem Cape auf ihn zufuhr. Als der Polizist den parkenden Wagen sah, hielt er an, lehnte sein Rad gegen die Hecke und trat zu Brady.

»Nun, haben Sie eine Panne?« fragte er leutselig.

Brady beugte den Kopf tief über den ölverschmierten Motor.

»Ja, aber es ist nichts Besonderes. Ich werde den Fehler schon finden, vielen Dank.«

Wie hatte doch immer Evans gesagt? fragte sich Brady. Ganovenpech... Das war das Unerwartete, das nicht Vorausberechnete, das einem Flüchtling den Hals brechen konnte.

»Sie sind nicht aus dieser Gegend hier, nicht wahr?« fragte der Polizist weiter.

»Nein, ich bin nur auf der Durchfahrt«, erklärte Brady. Ein langes, lastendes Schweigen trat ein, bis schließlich der Polizist fragte: »Darf ich wohl einmal einen Blick auf Ihren Führerschein werfen, Sir?«

»Oh, es tut mir schrecklich leid, aber ich muß gestehen, ich habe ihn gar nicht bei mir«, stotterte Brady.

Spuckend und hustend begann der Motor plötzlich wieder zu laufen, und Brady klappte erleichtert die Kühlerhaube herunter.

»Ich glaube, jetzt ist alles wieder in Ordnung.«

Er wollte zur Wagentür gehen, doch der Polizist hielt ihn am Arm fest und drehte ihn herum.

»Nein, noch nicht ganz, Sir. Eine Minute bitte noch; ich schätze, ich muß Sie...« Plötzlich erstarben ihm die Worte im Munde, und seine Augen weiteten sich vor Erstaunen, als er Brady ins Gesicht sah.

»Sie sind doch Brady«, sagte er tonlos; »Matthew Brady...!«

In dieser Sekunde blieb der Motor wieder weg, und in der eintretenden Stille lag so etwas wie ein endgültiges Urteil. Dieses Schweigen dauerte einige Sekunden lang; dann spürte Brady plötzlich, wie sich die Finger um seinen Arm fester krampften; da schlug er in einer wilden Aufwallung von Verzweiflung mitten hinein in das großflächige, ehrliche Gesicht vor ihm und stürzte davon, hinein in den Nebel.

Nachdem er außer Sicht war, zwängte er sich seitwärts durch die Hecke und rannte quer über ein umgepflügtes Feld. Nach einer Weile kam er an einen Zaun, kletterte hinüber und ging langsamer. Nach einer weiteren halben Meile blieb er schließlich stehen und warf sich in einer kleinen Schonung auf die Erde unter einen Baum.

Es war weit und breit kein Geräusch von etwaigen Verfolgern zu hören, und er hatte das auch nicht erwartet. Der Polizist konnte jetzt bestenfalls an der nächstgelegenen Telefonzelle angekommen sein, seinen geschwollenen Mund halten und seinem Vorgesetzten die Meldung durchgeben. Allerdings würde in einer Stunde oder spätestens in zwei jeder Mann im ganzen Distrikt, der nur kriechen konnte, hinter ihm her sein, und er saß dann in der Falle. In einer Falle, deren eine Seite durch die See abgeschlossen wurde... Die einzige Chance, auf die er noch hoffen konnte, bestand darin, rechtzeitig Harth zu erreichen, ein Boot zu stehlen und nach Shayling Island hinüber zu gelangen.

Er stand auf und marschierte weiter, aber der Nebel war so dicht, daß Brady nach der ersten Stunde seinen Orientierungssinn vollkommen verloren hatte. Er fühlte sich zwar nicht direkt müde, aber seine Beine begannen zu schmerzen, und sein Magen war völlig leer.

Er entschloß sich schließlich zu einer kurzen Ruhepause,

setzte sich unter einen Baum und rauchte seine letzte Zigarette. Ein leichter Wind fuhr durch die Bäume und brachte den für ihn so aufmunternden Salzgeruch der See mit sich. Er fühlte neue Kräfte in sich und stand hastig auf. Es war klar, wenn er nur immer dem Wind entgegenging, mußte er unmittelbar an die Küste kommen, und dann brauchte er nur dem Strand zu folgen, um nach Harth zu gelangen.

Er begann wieder rasch auszuschreiten, doch plötzlich ertönte links von ihm ein lauter Ruf, und als er sich umwandte, sah er die Gestalten von drei Männern, die sich aus dem Nebel lösten und am Waldrand stehenblieben.

»Halt! Keinen Schritt weiter!« rief einer von ihnen.

Brady drehte sich um und wollte davonrennen, da knallte eine Schrotflinte, und durch die Bäume über ihm pfiffen Schrotkugeln. Ein Hund begann aufgeregt zu bellen, doch Brady ließ sich nicht beirren, sondern rannte weiter, kletterte über einen Zaun und war plötzlich in knöcheltiefem Schlammwasser.

Er ließ sich dadurch nicht aufhalten, sondern watete immer weiter, bis ihm schließlich das braune Wasser bis zu den Knien reichte. Er hielt sich immer weiter nach links und blieb nur von Zeit zu Zeit stehen, um auf die Rufe seiner Verfolger zu lauschen. Diese wurden jedoch immer schwächer und verstummten schließlich ganz.

Das Geräusch der Wellen, die sich an der Küste brachen, konnte er schon lange hören, bevor er die See selbst zu Gesicht bekam. Die Marschniederung hatte er endlich durchquert; er stapfte über eine kleine Sanddüne und war dann am Strand.

Während er durch den feuchten Sand marschierte, begann es wieder zu regnen, zuerst leicht, dann aber mit immer stärkerer Gewalt. Der Nebel wurde dadurch zerstreut und begann sich zu lichten.

Jetzt verspürte Brady zum ersten Male Müdigkeit, und einmal stürzte er auch. Als er sich wieder erhob, zitterten seine Beine. Trotzdem zwang er sich zu einem holprigen, stolpernden Dauerlauf.

Sein Mund war wie ausgetrocknet, und irgendwo hinter seinem rechten Auge steckte ein leichter, aber bohrender Schmerz. Trotzdem rannte er pausenlos weiter, weil ihm einfach keine andere Wahl blieb. Plötzlich hörte er auch die Hunde wieder bellen, und mit einemmal stand er erneut knietief im Wasser. An dieser Stelle endete der Strand unvermittelt, und die See brach sich zwischen gezackten Felsen.

Nicht allzu weit entfernt erhob sich ein aus grauen, verwitterten Steinen roh errichtetes Bootshaus. Eine Gleitbahn führte aus dem Schuppen direkt in das klare, grüne Wasser der See. Jenseits der kleinen Bucht, die sich zwischen ihm und dem Bootshaus erstreckte, schob sich ein Hügelrücken in die See hinaus. Hinter dessen Höhenzug kräuselte sich eine Rauchfahne in den grauen Morgenhimmel. Wahrscheinlich lag dort das Dörfchen Harth. Als sich Brady zur See umdrehte und hinausschaute, erblickte er dort Shayling Island, halb hinter Regenschleiern verborgen.

Er stieg in das seichte Wasser hinein und watete zum Bootshaus hinüber. Das hölzerne Tor war nicht verriegelt, doch das hatte Brady auch nicht erwartet. Fischerdörfer glichen sich in ihren Einzelheiten überall auf der ganzen Welt. Ihre Boote wurden niemals hinter Schloß und Riegel gehalten; denn zu oft traten Notfälle ein, wo es galt, schnell auf dem Wasser zu sein.

Brady riß die Torflügel weit auf und trat in das Innere des

Bootshauses. Als erstes fiel ihm ein schwerer Fischkutter auf, für dessen Bedienung mindestens drei Mann notwendig waren. Daneben lag jedoch ein kleines, schmales Segelboot.

Der Wind hatte unterdessen aufgefrischt und ließ auf den Wellenkämmen kleine Schaumkronen entstehen. Brady schob das Segelboot ins Wasser und richtete den Mast auf. Das Segel blähte sich, sowie er es aufgezogen hatte; das Boot legte sich stark auf die Seite und holte Wasser über. Mit seinem Körpergewicht glich Brady die Neigung aus, und wenige Augenblicke später schoß er aus der stillen Bucht hinaus auf das bewegte Meer.

Er war zum letztenmal als Junge während der Sommerferien gesegelt; das war damals in der Nähe von Kap Cod gewesen; aber er hatte niemals ein solches Wetter wie jetzt erlebt. Das leichte Boot war auch nicht für den stürmischen Seegang geschaffen und hüpfte wild über die Wellen. Dabei holte es ständig Wasser über. Innerhalb kurzer Zeit war er bis auf die Haut durchnäßt und fror erbärmlich. Er stemmte sich verzweifelt mit seiner ganzen Kraft gegen die Ruderpinne, als der Wind noch mehr auffrischte und die Wellen immer drohender anzusteigen begannen.

Durch den Vorhang des herniederprasselnden Regens stieg die Insel immer größer aus der See herauf. Mächtige Klippen tauchten auf, an deren Fuß sich die Wellen donnernd brachen und über gezackte, drohende Felsbrocken zerstäubten.

Brady konnte nirgends ein Fleckchen Sand entdecken, das zum Landen geeignet gewesen wäre. Er versuchte, das Segel fest zu trimmen, um an der Küste der Insel entlangzusegeln, aber der Wind war zu stark und trieb ihn immer näher an die Brandungszone heran. Schließlich waren die Klippen kaum noch hundert Meter entfernt.

Eilig raffte Brady die Segel und griff nach den Rudern, aber es war bereits zu spät. Eine Riesenfaust ergriff ihn und die Nußschale von Boot und warf sie vorwärts auf die Brandung zu. Eine unheimliche, wirbelnde Strömung erfaßte das Boot und trieb es im Kreis umher; dann stürzte es plötzlich in ein Wellental, so daß das Wasser laut gegen den Bootskiel klatschte. Auf der einen Seite sackte das Wasser plötzlich ab; weißer Schaum sprühte in die Luft, und dann erschienen überall Felszacken um das Boot herum, als die Welle zurückrollte.

Das Boot trieb breitseits in der Brandung; dann wurde es erneut hoch emporgehoben und auf einen mächtigen, grünen Felsbrocken geschleudert. Brady stürzte über das Heck hinaus und verschwand in einem Hexenkessel kochenden Wassers.

Mühsam versuchte er sich aufzurichten. Rund um ihn her tauchte Geröll auf und verschwand wieder, je nachdem, ob die Wellen anbrandeten oder sich zurückzogen. Unter einem neuen Ansturm wurde Brady mit unwiderstehlicher Gewalt emporgehoben und über das Riff hinweg weiter landeinwärts geschleudert.

Saugend und schmatzend zog sich das Wasser wieder zurück. Er krallte die Finger in den Kies und quälte sich auf die Knie hoch.

Dann kroch er vorwärts und kletterte verbissen über das Geröll. Einen Augenblick später war das Wasser schon wieder heran, quirlte um seine Beine und stieg bis zu seinen Hüften an. Es zerrte an seinen Gliedern und versuchte, ihn hinauszureißen auf die See. Er klammerte sich mit schmerzenden Fingern in eine Felsspalte, und es gelang ihm, sich festzuhalten.

Als sich das Wasser wieder zurückgezogen hatte, kämpfte er sich über die letzten Klippen hinweg und erreichte endlich festes Land. Einen Augenblick später stand er auf einem schmalen Sandstreifen am Ende des aufragenden Felsenufers.

Er setzte sich erschöpft auf den Sand, stützte den Kopf in die Hände, und die ganze Welt verschwand hinter dem Brüllen der See. Der Geschmack des Salzwassers steckte in seiner Kehle; er mußte sich übergeben und brachte eine ansehnliche Menge Meerwasser hervor.

Endlich erhob er sich schwerfällig, drehte sich um und musterte den Felsabhang hinter sich. Er war kaum höher als zwanzig bis fünfundzwanzig Meter und stieg sanft an, war jedoch von Spalten, Rissen und zeitweise auch von tiefen Schluchten durchzogen.

Dort hinaufzuklettern war bestimmt nicht schwierig; doch Brady fühlte sich erschöpft, zu Tode erschöpft. Noch immer dröhnte die See in seinen Ohren, und die ganze Szenerie mit allen Dingen um ihn herum hatte einen Zug des Unwirklichen an sich, als ob sie nicht in Wirklichkeit existiere, sondern nur in einem Alptraum vorkäme.

»Was tue ich eigentlich hier?« fragte er sich selbst, aber er erhielt keine Antwort, weder aus seinem Innern noch von sonstwo her. Da schleppte er sich den Abhang empor und warf sich oben bäuchlings auf die Erde, das Gesicht in das nasse Gras gedrückt.

12

Nach einer langen Zeit schlug er die Augen wieder auf und erblickte nur wenige Zentimeter vor seinem Gesicht zwei Stiefel. Sie waren handgearbeitet und offensichtlich sehr teuer; das fiel ihm selbst in seiner ersten Verwirrung auf. Dann wollte er aufstehen, doch ein tiefes warnendes Knurren, das wie fernes, schwaches Donnerrollen klang, hielt ihn davon ab.

Langsam und vorsichtig rollte er sich auf den Rücken und schaute auf. Über ihm stand Miklos Davos. Er trug eine hüftlange Jagdjoppe mit einem Pelzkragen und hatte einen grünen Tirolerhut in sein fast dreieckiges, diabolisch-häßliches Gesicht gezogen. Unter dem Arm hielt er eine doppelläufige Schrotflinte.

Das warnende Knurren kam von einem prächtigen, schwarz-weiß melierten Dobermann, dessen Augen wie glühende Kohlen glimmten.

»Platz Nero, nimm Platz!« beruhigte Davos den Hund. »Ich glaube nicht, Nero, daß wir uns wegen dieses Mr. Brady zu beunruhigen brauchen... Er sieht nicht allzu gesund aus.«

Mit diesen Worten ließ er sich im Gras nieder, legte die Flinte quer über die Knie und holte eine große lederne Feldflasche hervor.

»Ich habe Ihre Bemühungen während der ganzen letzten halben Stunde beobachtet. Sie hatten eine etwas rauhe Überfahrt gehabt. Ein kleiner Brandy wird Ihrem Magen guttun!«

Brady war noch zu benommen, als daß er es auf einen Wortwechsel ankommen lassen wollte; so nahm er wortlos die Flasche und trank einen großen Schluck. Unwillkürlich mußte er keuchen, als ihm das scharfe Getränk brennend die Kehle hinunterrann.

Ein warmes, äußerst angenehmes Gefühl verbreitete sich vom Magen aus in seinem Körper. Er nahm noch einen zweiten Schluck und fühlte sich dann bei weitem wohler.

Davos hatte sich unterdessen eine türkische Zigarette angesteckt und lächelte Brady jetzt unergründlich an.

»Ich schätze, Sie fühlen sich noch nicht ganz wie ein Ertrunkener, nicht wahr, mein Freund?«

»Sie Halunke!« krächzte Brady.

Wieder huschte ein zynisches Lächeln über das dunkle, häßliche Gesicht von Davos.

»Ich sehe, Sie haben in der Tat noch einen Funken Leben in sich. Dann ist ja alles gut. Möchten Sie vielleicht eine Zigarette?«

Brady nahm sich eine und beugte sich vor, zu dem ihm dargereichten Feuerzeug. Einen Augenblick lang dachte er daran, einen Angriff zu wagen, aber der Dobermann begann plötzlich wieder drohend zu knurren, als ob er Bradys Gedanken gespürt habe.

So ließ sich Brady wieder zurückfallen und genoß die Zigarette. Allerdings war sie ziemlich scharf, und der Rauch des starken türkischen Tabaks reizte ihn fast zum Husten. Dann fragte ihn Davos: »Übrigens, da ich seit gestern nichts mehr von Haras gehört habe, nehme ich an, daß ich auch in Zukunft nichts mehr von ihm erfahren werde. Oder gehe ich fehl in dieser Annahme?«

»Er ist leider in der vergangenen Nacht einem dummen

Unfall zum Opfer gefallen«, berichtete Brady. »Er hätte wirklich besser aufpassen sollen, wohin er trat.«

»Sie haben in den letzten Tagen erstaunlich viel geleistet«, sagte Davos anerkennend. »Als mir Haras berichtete, daß es Ihnen gelungen sei, aus dem Zuchthaus von Manningham auszubrechen und ihm zu entwischen, hatte ich gleich so eine Ahnung, daß wir einander noch einmal begegnen würden.«

»Ich wäre Ihnen bis in die Hölle gefolgt, wenn es notwendig gewesen wäre«, meinte Brady leise.

»Aber die Hölle ist doch schon überfüllt, mein Freund«, erwiderte Davos lächelnd. »Übrigens habe ich in dieser Affäre niemals persönliche Antipathien oder Sympathien verflochten, Brady.«

»Ich weiß«, sagte Brady schwer. »Ich hatte lediglich das Pech, der erstbeste Betrunkene zu sein, der in jener Nacht auf einer Bank an der Uferpromenade saß.«

»Ja, so ist es«, bestätigte Davos. »Wenn man an Ihnen das Todesurteil vollstreckt hätte, wäre alles aus und in bester Ordnung gewesen. Aber unglücklicherweise hat der Innenminister das Urteil in Lebenslänglich umgewandelt...«

»Und dadurch haben sich die Dinge für Sie sehr kompliziert«, ergänzte Brady.

»Natürlich, Sie sehen das ganz richtig«, bestätigte Davos. »In diesem Land brauchen doch begnadigte Mörder nicht mehr als sieben Jahre ihres Urteils abzusitzen. Die Engländer sind ein so humanes Volk...«

»Und da entschlossen Sie sich, das ursprüngliche Gerichtsurteil selbst zu vollstrecken!« sagte Brady bitter.

Der andere lächelte süffisant.

»Aber mir blieb doch keine andere Wahl! Es bestand ja immer die Möglichkeit, daß Sie durch einen Zufall mein

Gesicht auf irgendeiner Abbildung zu sehen bekämen und es wiedererkennen würden. Vielleicht auf einem Zeitungsfoto oder ähnlichem... Und wenn es nicht dieses Jahr war, so konnte es doch im nächsten oder übernächsten Jahr geschehen. Ich konnte es nicht zulassen, daß eine solche Möglichkeit bestand und meinen Seelenfrieden in alle Zukunft hinein bedrohte.«

Brady schnippte seine halb aufgerauchte Zigarette in die Gegend. Er war völlig übermüdet; so müde, daß er sich nur mit äußerster Mühe auf ihr Gespräch konzentrieren konnte.

»Und was geschieht nun weiter?«

»Wir sind beide in einer sehr unangenehmen Situation, nicht wahr?« lächelte Davos. »Und nicht nur wir zwei. Sie und ich, sondern auch Nero hier, mein Dobermann. Übrigens habe ich meinen Hauswart und seine Frau zum Festland hinübergeschickt, als ich gestern hier eintraf. Wir sind also unter uns!«

Der Ungar stand auf, und auch Brady taumelte auf seine Füße hoch und schaute Davos leicht schwankend an.

»Na, was soll es sein?« fragte Brady. »Vielleicht eine Kugel in den Rücken?«

»Aber mein lieber Freund, wir werden unsere Angelegenheit doch nicht so unsportlich austragen!«

Davos tätschelte den Hund, der unaufhörlich winselte. »Es sind wundervolle Tiere, diese Dobermänner... Wenn sie richtig auf Mann dressiert sind, können sie einen Menschen in weniger als einer Minute zerreißen, mein werter Brady.«

»Wirklich eine bewundernswerte Leistung«, bemerkte Brady.

»Ja, das ist es.«

Davos trat zurück und hob die Flinte. »Ich denke, wenn

ich Ihnen bis zu dem Zaun dort oben auf der Spitze des Hügels Vorsprung gebe, haben Sie eine faire Chance. Es müssen mindestens sechzig Meter bis dorthin sein.«

»Wenn ich doch nur zwei Minuten mit Ihnen allein sein könnte«, knirschte Brady haßerfüllt. »Länger würde ich bestimmt nicht brauchen...«

»Und ich möchte Ihnen jetzt raten, loszurennen«, zischte Davos. »Meine Geduld ist nämlich langsam erschöpft...!«

Brady brauchte einige Zeit, um bis auf die Spitze des Hügels zu gelangen. Er hatte keine Kraft mehr; seine Glieder waren schwer wie Blei.

Einmal blieb er stehen, um über seine Schulter zurückzuschauen. Davos stand abwartend noch immer an der gleichen Stelle und hielt den Hund am Halsband fest.

»Sie können sich ruhig etwas beeilen, Brady«, rief er ihm nach.

Wie hatte noch die alte Frau gesagt? Einen brutalen Sadisten hatte sie Davos genannt... In Brady glühte plötzlich ein Funke auf; heiße Wut stieg in ihm hoch, und eine Begierde nach Rache erfüllte seine schweren Glieder mit neuer Energie. Mit wenigen Sprüngen erklomm er die Hügelspitze und kletterte über den Zaun.

Der Dobermann heulte einmal kurz auf, als Davos ihn freiließ. Brady rannte einen leichten geneigten Abhang hinunter auf eine baumbestandene Senke zu. Er hatte etwa drei oder vier Minuten Vorsprung, das mußte genügen. Er stürzte sich in das Gehölz hinein und brach durch eine Schonung junger Tannen, deren Zweige sein Gesicht peitschten.

Er ließ sich jedoch nicht aufhalten, sondern stürzte mit vorgehaltenem Arm immer weiter, bis er plötzlich stolperte und zu Boden fiel. Er überschlug sich, rollte durch verdorrtes

Farnkraut eine kleine Böschung hinunter und landete in einem kleinen Bach.

Das Wasser war kaum einen halben Meter tief. Er folgte seinem Lauf zehn oder zwanzig Meter weit; das braune Wasser spritzte um ihn herum hoch auf, während er vorwärts stürmte. Plötzlich weitete sich jedoch der Bachlauf zu einem kleinen runden Teich, in dem das Wasser tiefer wurde.

Trotzdem watete er weiter bis zur anderen Seite und zog sich dort an der steilen, überhängenden und mit Felsbrocken übersäten Uferböschung hoch.

Irgendwo in der Nähe heulte der Dobermann auf, und Brady konnte hören, wie das Tier in mächtigen Sätzen durch das trockene Unterholz brach. Kurz entschlossen streifte er sein durchnäßtes Jackett vom Leibe. Kaum hatte er es ausgezogen, da stürzte der Hund am anderen Ufer des Teiches aus dem Gehölz und sprang ins Wasser. Mit schnellen Zügen paddelte er auf Brady zu.

Als er nur noch einen Meter entfernt war, warf ihm Brady seine Jacke über den Kopf. Der Dobermann versuchte sich aufzurichten, knurrte heiser und kämpfte verzweifelt, um sich zu befreien. Brady hatte unterdessen jedoch schon einen Felsbrocken von der Größe eines Männerkopfes aufgegriffen. Er watete damit ins Wasser und schleuderte den Stein mit aller Kraft auf den Hund.

Der Dobermann heulte einmal klagend auf; dann erstarb jede Bewegung.

Brady wandte sich schwerfällig ab. Nach Atem ringend kletterte er über die schlüpfrigen Steine zurück ans Ufer. Alles, was er jetzt noch zu tun hatte, war, Davos zuvorzukommen und als erster in dessen Haus zu gelangen. Todsicher mußte es dort noch andere Schußwaffen geben...

Während er durch die Tannen kroch, schmeckte er Blut in seinem Mund. Wahrscheinlich hatte er sich in der Aufregung des Kampfes auf die Zunge gebissen. Endlich gelangte er an einen freien Platz. Der Wald trat hier in einem Bogen zurück, wuchs aber auf beiden Seiten bis dicht an den Zaun heran. Brady rannte auf die Einzäunung zu, aber plötzlich hörte er einen Wutschrei, und etwa fünfzehn Meter weiter links tauchte Davos aus dem Gehölz auf. Der Ungar bewegte sich mit erstaunlicher Schnelligkeit und feuerte im Rennen den ersten Lauf ab. Brady, der den Zaun schon fast erreicht hatte, duckte sich, als die Schrotkugeln über ihn hinwegpfiffen; dann kletterte er über den Zaun und rannte weiter. Er war jetzt jedoch schon so erschöpft, daß er von einer Seite zur anderen taumelte.

Er war kaum weiter als zehn Meter gekommen, da hatte auch der Ungar den Zaun erreicht und feuerte den zweiten Lauf seiner Doppelflinte ab. Brady stieß einen Schmerzensschrei aus, stolperte und überschlug sich. Kurz vor dem Abhang der Klippe blieb er liegen, mit dem Gesicht nach oben. Ein Stein drückte sich schmerzhaft in seinen Rücken.

Die Hauptladung der Schrotpatrone war vorbeigegangen, aber verschiedene Kugeln hatten ihn an der linken Schulter und am Arm erwischt. Mühsam richtete er sich auf. Sein Gesicht war grau vor Schmerz; Blut sickerte durch den Stoff des Ärmels.

Davos kam den Abhang herunter auf ihn zu und blieb in etwa zwei Meter Entfernung vor ihm stehen. Er war weiß vor Wut; seine Backenmuskeln traten hervor.

»Ich könnte Ihnen vieles verzeihen, Brady«, stieß er hervor, »aber nicht Nero. Nicht meinen Hund!«

Von der See her kam in etwa einer viertel Meile Entfernung

ein Hubschrauber auf die Insel zugeflogen. Seine wirbelnden Flügel bildeten einen gelblichen Fleck am grauen Himmel. Davos jedoch achtete nicht auf das ferne Dröhnen der Motoren. Er lud seine Flinte neu, ohne Brady dabei eine einzige Sekunde aus den Augen zu lassen.

Der Stein, auf dem Brady lag und der sich ihm in den Rücken drückte, hatte etwa die Größe eines Tennisballs. Mit der rechten Hand tastete Brady vorsichtig danach und schleuderte ihn in einer überraschenden Bewegung mit aller Kraft in das Gesicht des Ungarn.

Der Stein traf Davos über dem rechten Auge. Er schrie auf und ließ das Gewehr fallen. Brady rappelte sich hoch und stürzte auf seinen Gegner zu. Halb verrückt vor Schmerzen und Wut schlug Davos wild um sich und traf Brady ins Gesicht.

Doch Schmerz hatte für Brady jetzt keine Bedeutung mehr. Er vergaß auch völlig seinen verletzten linken Arm; er vergaß alles andere; es trat zurück hinter dem einen Gedanken: Davos zur Strecke zu bringen.

Als der Ungar einen schweren Tritt erhielt, stürzte er zu Boden, rollte über den Rand der Klippe und rutschte auf dem Rücken den felsigen Abhang zum Strand hinunter.

Brady war völlig ausgepumpt. Er ließ sich ins Gras fallen und kämpfte nach Atem. Der Hubschrauber flog jetzt ganz niedrig über die Insel und landete schließlich auf der Spitze des Hügels.

Die Pilotenkanzel öffnete sich, und als erster kletterte ein Polizeiwachtmeister heraus. Anschließend folgte Inspektor Mallory, der seinen Homburg festhielt, während er unter dem Kreis der schwirrenden Rotorblätter hervortrat.

Brady konnte nichts mehr überraschen; er zögerte jedoch

nicht eine Sekunde, sprang auf und kletterte den Abhang der Klippe hinab. Zuletzt rutschte er mehr, als er ging, und landete mit einer Ladung herabrollender Steine in einem Sandhaufen.

Davos taumelte vor ihm die Küste entlang auf eine Klippe zu, die wie ein Finger in die See hinausstieß und die beiden Männer von der nächsten Bucht trennte. Ohne lange zu überlegen, kam Brady wieder auf die Füße und folgte dem Ungarn.

Dieser hörte ihn kommen; er blieb kurz stehen, schaute über die Schulter zurück und sprang dann schwerfällig ins Wasser. Er watete in die See hinaus, um die Felsrippe zu umrunden.

Unbeirrt folgte ihm Brady, und als er ihn erreicht hatte, standen sie beide bis an den Leib im Wasser. Davos war schon zu zermürbt und hatte keinen Kampfwillen mehr. Als Brady heran war und ihn packte, stieß er nur einen unartikulierten Schrei aus und schlug wild auf das Wasser.

»Los, du mußt ihnen alles erzählen, du Halunke«, schrie Brady ihn an. »Du mußt die ganze Wahrheit berichten!«

In ihm stieg wieder die Wut hoch, bis es ihm in den Ohren dröhnte, und er drückte den Ungarn nach unten. Dessen Gesicht verschwand unter Wasser, doch da wurde Brady von starken Armen gepackt und beiseite gerissen, und Mallory schrie ihm ins Ohr: »Es ist alles in Ordnung, Brady! Wir wissen alles!«

Der Inspektor stand neben ihm; die Schöße seines Regenmantels trieben auf dem Wasser, was merkwürdig lächerlich wirkte. Zwei Polizeiwachtmeister ergriffen Davos und stützten ihn.

Mallory nahm Brady am Arm und führte ihn zurück zum

Strand. Sie überquerten den schmalen Sandstreifen; dann ließ sich Brady im Windschatten eines großen, überhängenden Felsblocks auf den Boden fallen. Er war zu Tode erschöpft, doch sein Geist arbeitete kristallklar.

Mallory setzte sich neben ihn und untersuchte seinen verletzten Arm.

»Das sieht ja nicht sehr hübsch aus. Ich schätze, wenn ich Sie mir so ansehe, daß Sie wohl ein paar Wochen im Krankenhaus zubringen müssen.«

»Das macht gar nichts«, erklärte Brady. »Aber erzählen Sie mir doch erst einmal, wie Sie es herausbrachten, daß Davos der Täter ist?«

»Ihre Freundin, Miss Dunning, hat sich schon um fünf Uhr heute morgen mit mir in Verbindung gesetzt, nachdem sie feststellen mußte, daß Sie aus ihrer Wohnung verschwunden waren.«

»Und Sie haben ihr sofort geglaubt?«

Mallory schüttelte den Kopf. »Nein, das nicht; aber sie hat mich immerhin nachdenklich gemacht. Ich war noch mit ihr zusammen, als ich einen Anruf von Guy's Hospital erhielt. Ich hatte nämlich einen Mann dort an das Krankenbett von Mrs. Rose Gordon gesetzt, der darauf warten sollte, bis sie das Bewußtsein wieder erlangte, und der dann ein paar Fragen an sie richten sollte.«

»Aber Haras hat sie doch in den Kopf geschossen«, wandte Brady verblüfft ein. »Ich habe es doch selbst gesehen!«

»Nein, er hat sie nur gestreift«, berichtete Mallory. »Und Mrs. Rose Gordon machte dann eine äußerst interessante Aussage. Ich habe mich daraufhin sofort mit der Royal Air Force in Verbindung gesetzt.«

»Der Hubschrauber war wirklich ein guter Einfall.«

Mallory lächelte befriedigt. »Ja, er nahm uns in South Bank auf. Ich wollte so schnell wie möglich hierher gelangen. Meine einzige Sorge war nämlich, daß Sie mit Davos auf eigene Faust abrechnen würden, bevor wir hier eintrafen.«

Eine kleine Steinlawine kam den Abhang heruntergerollt, und als Brady hochschaute, sah er Anne Dunning, die gerade die letzten Meter des Steilhangs zum Strand heruntergerutscht kam. Sie trug einen Regenmantel und ein Kopftuch; ihr Gesicht war weiß und erschöpft.

Mallory erhob sich. »Ich muß mich etwas um Davos kümmern und aufpassen, wenn er weggebracht wird. In ein paar Minuten bin ich wieder zurück.«

Er ging davon, und Anne ließ sich neben Brady nieder. Sie nahm ihr Kopftuch ab und band es dem Verletzten um Arm und Schulter.

»Sie hätten nicht davongehen sollen, ohne mir etwas zu sagen«, meinte sie mit zärtlichem Vorwurf.

»Aber mir blieb doch nichts anderes übrig«, erwiderte er. »Vergessen Sie nicht, ich glaubte doch, daß Mrs. Gordon tot sei. Auf jeden Fall wollte ich Sie nicht weiter in diese Sache verwickeln. Die Aussichten standen wirklich nicht allzu gut für mich!«

Sie strich ihm das Haar aus der Stirn. »Sie sehen aus, als ob Sie Schlimmes hinter sich hätten.«

»Jetzt ist alles vorbei«, beruhigte er sie. »Das ist schließlich die Hauptsache. Haben Sie eine Zigarette für mich?«

Sie holte eine zerknautschte Packung hervor und rauchte ihm eine Zigarette an. Nachdem sie ihm diese gereicht hatte, fragte sie stockend: »Was werden Sie jetzt weiter tun?«

»Ich denke, ich werde nach Boston zurückgehen«, antwortete er. »Ich werde den Job annehmen, den mir mein

Schwager angeboten hat. Von England habe ich vorläufig genug...«

Sie blickte auf die See hinaus; in ihrem Gesicht stand unverhüllte Trauer. Er legte einen Arm um ihre Schultern und fragte sie leise: »Und mit dir – wie steht es mit dir?«

Sie drehte sich heftig zu ihm um, und plötzlich standen Tränen in ihren Augen.

»Ach, Matt... Ich hätte nicht gedacht, daß du mich das fragen würdest...«

Er zog sie fest an seine Brust. Irgendwo über ihnen schrie eine Möwe und flog dicht über ihren Köpfen hinweg auf die See hinaus.

ROBERT LITTELL

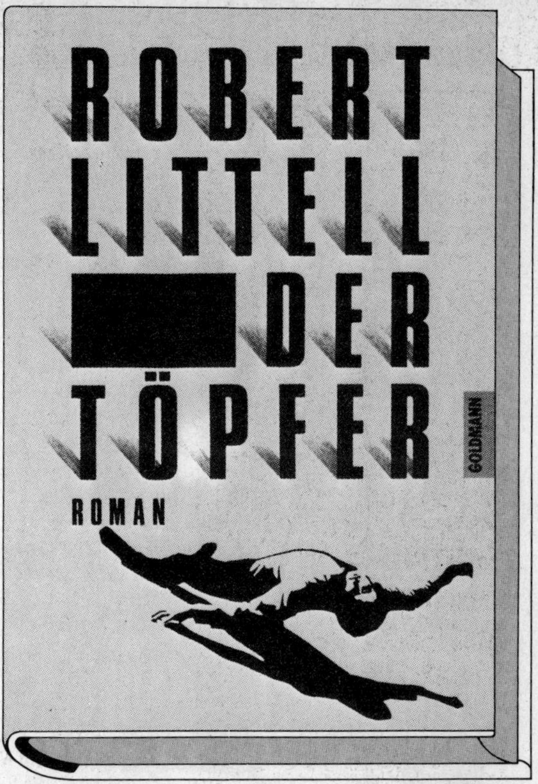

DER TÖPFER ist ein im Wortsinne außergewöhnlicher Thriller, geschrieben von einem Autor, der mit John le Carré und Graham Greene in einem Atemzug zu nennen ist. Die atemberaubende Beschreibung eines ebenso ausgeklügelten wie irrwitzigen Geheimdienst-Komplotts. Eine Geschichte voller Überraschungen und plötzlicher Wendungen, geschrieben mit der ganz eigenen, unverkennbaren Handschrift Robert Littells: stilistisch brillant, voll feiner Ironie, politischer Abgeklärtheit und psychologischer Wahrhaftigkeit.

GOLDMANN